Kannawoniwasein!
Manchmal fliegt einem alles um die Ohren

MARTIN MUSER

Kannawoniwasein!

Manchmal fliegt einem alles
um die Ohren

CARLSEN

FSC
www.fsc.org
MIX
Papier aus verantwortungsvollen Quellen
FSC® C014496

Carlsen-Newsletter: Tolle Lesetipps kostenlos per E-Mail!
Unsere Bücher gibt es überall im Buchhandel und auf carlsen.de.

Dieses Werk wurde vermittelt von der
Literarischen Agentur Charlotte Larat rights&audio
Umschlaggestaltung und -typografie: formlabor
Umschlagbilder: shutterstock.com: © bejo (503562994); © Bokica (85568071), © Robert Adrian Hillman (88244083), © IhorZigor (175662689), © alexandrovskyi (255220594); © Ellika (467232575); © Tanya Yadkovskaya (1053262967)
Lektorat: Wiebke Andersen-Oberschäfer
Satz: Pinkuin Satz und Datentechnik, Berlin
Herstellung: Karen Kollmetz
Druck und Bindung: GGP Media GmbH, Pößneck
ISBN: 978-3-551-55387-4
Printed in Germany

Für alle Deulen und Potschen

1.

Kaugummi verboten!

Der Fahrtwind bläst durchs offene Seitenfenster. Der Motor des Transporters schnurrt. Die Luft ist warm und es riecht nach Sommer, nach gemähtem Heu und heißem Asphalt.

Finn sitzt mit Jola auf dem Beifahrersitz. Hinter dem Steuer kaut Onkel Wojciech mit angespannter Miene auf einem Zahnstocher, während er den Transporter über die Straße lenkt. »Ich werde sie fahren wie rohe Eier«, hat er Mama versprochen.

Jola und ihr Onkel haben Finn am Morgen in der Grimmstraße abgeholt. Finn hat sich schon die ganze Woche darauf gefreut, Jola wiederzusehen. Sie hat ihre Abmachung nicht vergessen: dass sie in den Sommerferien zusammen verreisen wollen. So richtig verreisen. In ein anderes Land. Nach Polen zu Jolas Großeltern, Babcia und Dziadek, auf den Bauernhof in Cedynia. Finn hat es sich auf der Karte angesehen. Cedynia liegt gleich hinter der Grenze an der Oder. Nur anderthalb Stunden mit dem Auto von Berlin entfernt. Finn wusste gar nicht, dass Polen so nah ist. Er war nämlich noch nie dort und sehr gespannt, wie es da wohl sein würde.

Mama dagegen war ein bisschen skeptisch. »Mit *dem Bruchpiloten* soll ich dich fahren lassen?«, hat sie gesagt. ›Bruchpilot‹ war ihre Bezeichnung für Jolas Onkel und bezog sich auf dessen Fahrkünste. Letztes Jahr hatte Wojciech nämlich einen Unfall. Ausgerechnet mit einem Polizeiauto, in das er an einer roten Ampel reingerumst war. In Oranienburg ist das gewesen. Finn weiß es so genau, weil er selbst in dem Polizeiauto gesessen hat. Es war ja auch der Moment, wo er und Jola sich kennengelernt haben. Alles Weitere ist eine längere Geschichte, die selbst ein ganzes Buch füllen würde.

Auf jeden Fall sind Finn und Jola seitdem Freunde. Was gar nicht so einfach ist, wenn der eine in Berlin wohnt und die andere in Vehlefanz. So heißt nämlich das Dorf in der Nähe von Oranienburg, wo Jola mit ihren Eltern lebt. Finn und Jola haben sich andauernd Nachrichten geschrieben und stundenlang »videofoniert«, wie Papa das nannte. Und zuletzt hat Finn es kaum mehr abwarten können, bis das Schuljahr endlich vorbei war und die Ferien angefangen haben. Die Ferien, in denen er und Jola nach Polen reisen würden. Papa fand die Idee von Anfang an prima. »Dann lernst du unsere Nachbarn kennen«, hat er gesagt. »Das ist gut für die Völkerverständigung und damit Europa weiter zusammenwächst.« Das fand Mama dann auch. »Ich werde diesem Wojciech aber klipp und klar sagen, dass er vorsichtig fahren muss.«

Als der Transporter unten auf der Straße gehupt hat, ist Mama mit Finn die drei Stockwerke runtergelaufen. Finn hat seine Tasche getragen und als er unten ankam, stand Jola schon vor der Haustür. Sie hat auf den Fußspitzen gewippt und »Hi« gesagt. Finn hat auch »Hi« gesagt und sich ein Loch in den Bauch gefreut, sie wiederzusehen. Sie sah eigentlich noch genauso aus wie letztes Jahr, nur etwas größer, sodass zwischen ihr und Finn kaum mehr ein Unterschied lag.

»Wir sitzen vorne«, sagte Jola und hüpfte zum Transporter.

Mama umkreiste den Wagen mehrmals und kontrollierte alles mit Argusaugen. »Ist das Fahrzeug nach dem Unfall fachgerecht repariert worden? Sind die Bremsen intakt? Haben die Reifen auch noch genug Profil?« Sie schaute sogar in den Laderaum mit den alten Waschmaschinen, die Wojciech immer in den Osten bringt. »Ist die Ladung auch ordnungsgemäß gesichert?«

Wojciech nickte mürrisch. »Ich versichere Ihnen, meine Dame, alles ist in bester Ordnung.« Und dann sagte er das mit den rohen Eiern und Mama war einigermaßen beruhigt. Sie umarmte Finn und verzichtete auf den Abschiedsknuddelkuss, so wie sie es versprochen hatte, damit es nicht peinlich wurde. Finn kletterte zu Jola ins Führerhaus. Dann ging es los.

Sie sind schon eine gute Stunde gefahren. Durch die Stadt, durch den Stau. Aus der Stadt raus, immer Richtung Osten. Die Häuser wurden kleiner, die Landschaft immer grüner.

Im Laderaum klappern die Waschmaschinen. Vor und hinter ihnen fahren viele Lastwagen.

»Die wollen auch alle über die Grenze«, sagt Wojciech. »Im- und Export!« Er kratzt sich den Nacken und Finn sieht die dunklen Flecken unter den Achseln auf Wojciechs T-Shirt. Ein scharfer Schweißgeruch weht zu ihm rüber und sticht ihn in die Nase.

»Ich muss hier kurz noch was erledigen«, sagt Wojciech und setzt den Blinker. Er fährt an einer Tankstelle raus und hält auf dem Parkplatz. »Bin gleich wieder da.« Er öffnet die Fahrertür. »Ihr bleibt hier sitzen und rührt euch nicht vom Fleck. Klar?«

Er schaut Finn und Jola mit finsterer Miene an. Und Finn versteht, warum Jola gesagt hat, dass sie ihren Onkel nicht leiden kann. Er ist wirklich total unfreundlich. Dabei haben Finn und Jola gar nichts gemacht. Nicht mal Kaugummi gekaut, weil sie schon wissen, dass das bei Wojciech im Auto streng verboten ist. Der Kaugummi könnte ja irgendwo kleben bleiben.

»Siehst du, was für ein Blödmann er ist«, sagt Jola, als Wojciech außer Hörweite ist. »Vielleicht sollten wir einfach ohne ihn weiterfahren.« Sie grinst. »Der würd ganz schön blöd gucken, wenn die Kiste weg wär.«

»Das meinst du jetzt nicht ernst, oder?«, sagt Finn unsicher.

»So 'n Transporter ist auch nicht komplizierter als 'n Trecker«, sagt Jola. Finn schaut beunruhigt zum Autoschlüssel, der unterm Lenkrad im Zündschloss steckt.

Es stimmt. Er und Jola sind letztes Jahr zusammen Traktor gefahren. Ganz alleine. Das war toll. – Aber da sind sie nur ganz langsam gefahren, höchstens 25 km/h, und die Straßen waren auch nicht so voll.

Aber Jola ist in Gedanken schon wieder ganz woanders. »Mal schaun, was Wojciech hier so treibt.« Sie öffnet die Beifahrertür und springt heraus.

Wojciechs Verbot schert sie einen feuchten Kehricht. Finn klettert hinterher.

Sie spähen um den Transporter herum. Finn sieht, wie Wojciech in dem Tankstellenhäuschen verschwindet.

»Vielleicht will er einfach nur tanken?«

»Niemals«, antwortet Jola. »Der Sprit ist auf der polnischen Seite viel billiger.«

»Oder er kauft Schokocroissants«, sagt Finn.

»Pfff«, macht Jola verächtlich. »Dafür ist er viel zu geizig.«

Sie beobachten das Tankstellenhäuschen. Nach einer Weile geht die Tür wieder auf und Wojciech kommt mit einem Mann heraus. Der Mann hat eine silberne Jacke an und eine verspiegelte Sonnenbrille auf. Er glitzert in der Sonne wie eine Disco-Kugel. Die beiden gehen zu einem großen Lastwagen mit Anhänger und reden. Wojciech gestikuliert wild. Schließlich zieht er ein Bündel Geldscheine aus der Tasche und reicht es dem Glitzermann. Der schlägt die Plane des Anhängers zurück und klettert in den Laderaum. Zusammen schieben er und Wojciech ein großes Paket heraus und hieven es auf eine Sackkarre.

»Schnell«, flüstert Jola. Sie und Finn klettern wieder ins Fahrerhaus.

Wojciech und Glitzermann kommen mit dem Paket auf der Sackkarre. Während Finn und Jola mucksmäuschenstill dasitzen, hören sie, wie hinten die Hecktüren des Transporters geöffnet werden.

»Hau ruck«, kommandiert Glitzermann, dessen silberne Jacke bei jeder Bewegung knistert. Im Rückspiegel sieht Finn, wie die beiden Männer das Paket hochwuchten. Da ertönt ein lautes RATSCH!

»*Cholera!*«, flucht Wojciech.

Finn und Jola schauen sich an: Was war das?

Glitzermann ächzt. »Nicht loslassen, wir hams gleich.«

Die Männer keuchen. Finn spürt, wie der Transporter

hin und her wackelt, als sie den Karton zwischen die Waschmaschinen in den Laderaum schieben. Es muss etwas sehr Schweres drin sein.

»Na, geht doch«, sagt Glitzermann schließlich.

»Verdammt, so kann ich unmöglich rumlaufen.« Im Spiegel sieht Finn, wie Wojciech an seiner Hose rumfummelt.

Glitzermann lacht und klopft Wojciech auf den Bauch. »Bist einfach zu fett geworden, mein Freund.«

»Pass auf, was du sagst«, knurrt Wojciech und schlägt die Hecktüren zu.

»War mir 'ne Freude«, sagt Glitzermann und grinst. »Meld dich, wenn du was brauchst. Mir fällt immer mal wieder was vom Laster.«

Die Hände der beiden klatschen zum Abschied ineinander. Dann kommt Wojciech nach vorne und steigt umständlich wieder ein, weil er dabei seine Hose hinten zuzuhalten versucht. Darin klafft ein großes Loch. Daher das Ratsch-Geräusch! Finn und Jola kichern. Durch den Riss sieht man Wojciechs haarige Pobacken. Dazwischen klemmt eine Unterhose mit Tigermuster.

»Ja, ja, sehr lustig«, schnauft Wojciech und quetscht sich hinter das Steuer. Er riecht noch mehr nach Schweiß als vorher. Aber seine Laune scheint sich trotz Hosenplatzer verbessert zu haben. Er fummelt eine Tüte aus der Jackentasche und hält sie Jola hin. »Für euch.«

Jola und Finn schauen überrascht: Kaubonbons! Wojciech muss sie in der Tankstelle gekauft haben.

»Kann man kauen *und* schlucken!«, sagt Wojciech und verzieht das Gesicht zu einem schmalen Grinsen. »Prima Sache! Dann klebt schon nix am Sitz.«

»Danke«, sagt Finn. Vielleicht ist Wojciech ja doch nicht so übel, wie man denkt.

Jola hat die Tüte schon aufgerissen. Finn nimmt sich ein Kaubonbon, Jola stopft sich gleich drei auf einmal in den Mund.

»Waf iff denn da drin in dem Paket?«, fragt sie kauend und deutet nach hinten.

Schlagartig verfinstert sich Wojciechs Miene wieder. »Das hat dich überhaupt nicht zu interessieren. Wehe, ihr fasst es an!«, droht er. »Dann dreh ich euch den Hals um. Und kein Wort zu Babcia und Dziadek.«

Er schaut Finn und Jola an und seine Augen verengen sich zu Schlitzen, so dass Finn richtig ein kleines bisschen Angst bekommt.

Aber Jola nickt nur und wirft Finn wieder ihren Was-für-ein-Blödmann-Blick zu.

Eine Weile fahren sie schweigend. Finn und Jola kauen Kaubonbons, bis ihre Zungen ganz rau davon sind. Finn schaut aus dem Fenster. Die Frage, was in dem Paket sein könnte und warum Wojciech nicht darüber reden will, lässt ihn nicht los. Ist Wojciech ein Schmuggler? Sind verbotene Sachen in dem Paket? Oder gar eine Leiche? Groß genug dafür wäre der Karton auf jeden Fall.

»Gleich kommt sie«, ruft Jola auf einmal aufgeregt und deutet aus dem Fenster.

»Wer?«, fragt Finn und taucht aus seinen Gedanken auf.

»Na, die Grenze«, sagt Jola.

Sie fahren auf eine Eisenbrücke zu. Die grünen Verstrebungen wischen am Seitenfenster vorbei. Durch die Zwischenräume sieht Finn Wasser, Wasser – und noch mal Wasser.

»Das ist die Oder«, sagt Jola.

Finn staunt. Er hätte nicht gedacht, dass die Oder so ein großer Fluss ist. Ein richtig breiter Strom. Viel größer als die Spree, eher so wie der Amazonas. Zumindest stellt Finn sich den Amazonas so ähnlich vor. Nur eben noch mit Urwald drum herum.

Dann sind sie auch schon über die Brücke drüber. Am Straßenrand kommt ein blaues Schild. In einem gelben Sternenkreis steht *Rzeczpospolita Polska.*

Finn versucht es zu lesen. »Rzezeze ... Voll der Zungenbrecher!«

»Das heißt Republik Polen«, sagt Jola.

»Schöne Republik«, schnaubt Wojciech verächtlich. »Verraten und verkauft haben die uns ...«

Finn schaut neugierig aus dem Fenster. Das also ist Polen! Ein Busparkplatz und mehrere halb verfallene Fabrikgebäude ziehen vorbei. An den Fassaden hängen bunte Werbeschilder: »Feuerwerk«, »Zigaretten«, »Wurstwaren«, »Autoteile«.

Finn wundert sich: »Warum steht das denn da alles auf Deutsch?«

»Das ist der Polenmarkt«, erklärt Jola und deutet auf die Verkaufsstände zwischen den Gebäuden, an denen sich die Menschen drängeln. »Also eigentlich ist er für die Deutschen. Die kommen über die Grenze, um billig Sachen zu kaufen. Da müssen wir unbedingt auch mal hin.«

Finn nickt. Papa hat ihm sogar extra etwas polnisches Taschengeld mitgegeben. Fünfzig Złoty. Das sind ungefähr 12 Euro. »Damit kannst du was Kleines kaufen oder deine Freundin mal zu einem Eis einladen.«

Dabei hat Papa so gezwinkert, dass Finn erst dachte, er hat was im Auge. Aber es war dann wohl eher so ein »Männerding«, wie Mama das immer nannte.

2.

Babcia und Dziadek

Auf der Landstraße fahren die drei weiter nach Cedynia. Links liegt wie ein grün-gelber Flickenteppich das flache Land mit Feldern und Wiesen bis zur Oder. Rechts säumen Wälder und Hügel die Straße.

Jola streckt den Kopf aus dem Fenster und deutet auf eine Anhöhe mit einer großen Steinfigur darauf. »Da ist das Schlachtendenkmal«, ruft sie.

»Hier war eine Schlacht?«, fragt Finn.

»Die Schlacht von Cedynia, 972«, sagt Wojciech. »Da haben wir die Deutschen plattgemacht.«

Finn schaut auf die vorbeiziehende Steinfigur. »Sieht aus wie ein Totempfahl mit Flügeln dran.«

»Nix Totempfahl«, knurrt Wojciech. »*Das* ist der polnische Adler.«

Jola knufft Finn in die Seite und macht ein Gesicht wie Frau Henschke-Pohl, wenn man einen Eintrag ins Klassenbuch kriegt. »Das ist eine ernste Angelegenheit.«

Aber dann grinst sie schon wieder. »In Polen kennen alle die Schlacht von Cedynia. Deswegen wird sie auch jedes Jahr nachgespielt. So richtig wie im Mittelalter. Mit Schwertern, Rüstungen und so. Letztes Mal hat Onkel Wojciech auch mitgemacht. Aber dann ist im Kampf seine Ritterrüstung auseinandergekracht.« Jola prustet los. Und Finn, der an die geplatzte Hose denkt, muss auch lachen.

Nur Wojciech findet es gar nicht lustig. »Ihr könnt gleich aussteigen und zu Fuß weitergehen«, droht er und Jola und Finn hören lieber schnell auf zu lachen.

Kurz darauf passieren sie das Ortsschild ›Cedynia‹.

»Guck mal«, sagt Jola und deutet auf die Straßenlaternen. »Voll öko.«

Finn staunt. Jede Laterne hat ein kleines Dach aus bläulich schimmernden Solarzellen. Das muss er Papa erzählen. Der hat auf seinem Haus in Neustrelitz auch Sonnenkollektoren und ein Windrad.

Der Transporter fährt über die Dorfstraße. Die Häuser hier sind viel niedriger als in Berlin und haben spitze Giebel. Es gibt eine Post, eine Bäckerei, ein Blumengeschäft und sogar einen kleinen Supermarkt.

Wojciech biegt in eine Toreinfahrt ein. Dahinter liegt ein kleiner Hof mit Garten. Als der Transporter über die Wiese rumpelt, spritzen links und rechts Hühner gackernd zur Seite.

»Da wären wir.« Wojciech hält neben einem windschiefen Schuppen aus Backstein. Jola springt aus dem Wagen. Finn schaut sich um. Es gibt ein kleines Gewächshaus und Beete, die mit alten Autoreifen eingefasst sind. Gegenüber vom Schuppen steht ein zweistöckiges Wohnhaus. In dem Moment geht die Tür auf und zwei alte Leute kommen heraus. Die Frau trägt eine Kittelschürze, der Mann eine blaue Latzhose mit Gummistiefeln.

»Babcia! Dziadek«, ruft Jola und fliegt ihnen in die Arme.

Babcia drückt Jola an sich. »Jolanta, Gott, du wieder so gewachsen bist.«

Dziadek lächelt. »Nu ja, muss ja.«

Er wuschelt Jola durch ihre Locken.

»Das ist Finn.« Jola zeigt auf Finn, der schüchtern stehen geblieben ist.

Babcia umarmt ihn auch. »Was für netter Junge!«

Finn wird rot. Jola lacht.

Wojciech begrüßt die beiden Alten mit einem knappen Wangenkuss. Finn überreicht die Gastgeschenke, die Mama und Papa ihm mitgegeben haben. Von Papa natürlich Bärlauchtofubuletten aus eigener Produktion und von Mama zwei Tassen mit dem Berliner Ampelmännchen drauf.

»Oh, danke!« Dziadek schüttelt Finn die Hand und zwinkert Jola zu. »Wie war Reise mit Wojtek? Diesmal ohne *Kraksa?*«

Kraksa? Finn versteht nicht.

»Finn kann doch kein Polnisch, Dziadziu«, sagt Jola und erklärt Finn: »*Kraksa* heißt Unfall ...«

»Nix Unfall«, widerspricht Wojciech scharf. »Ich bin ein guter Fahrer und das damals war einfach Pech.«

Jola nickt eifrig. »Diesmal is nur 'ne Hose geplatzt.«

Babcia, die den Riss in Wojciechs Hose nun auch bemerkt, schlägt die Hand vor den Mund. »*Jezus*, Wojtek, was du hast gemacht?! Wie du warst kleiner Junge.« Sie kneift ihn in die Wange. »Aber ich nähen kann. So schön, du wieder bist da.«

»Ich fahr gleich morgen früh weiter.« Wojciech schiebt Babcias Hand weg und verzieht das Gesicht. »Und nennt mich nicht immer Wojtek, ihr wisst, dass ich das hasse. Ich heiße Wojciech, basta.«

»Morgen schon wieder weg?«, klagt Babcia. »Ach, Junge, warum nur du immer so kurz bist hier?«

Wojciech zuckt mürrisch die Achseln. »Hab 'ne Ladung. Die muss in die Ukraine.«

Dziadek nickt. »Man immer muss kombinieren. – Aber zum Glück wir haben unsere zwei jungen Gäste. Fühlt wie zu Hause euch.«

»Machen wir«, sagt Jola und schnappt ihre und Finns Tasche. »Komm, ich zeig dir unser Zimmer!«

Finn folgt Jola ins Haus. Neben dem Eingang führt eine Holztreppe in den ersten Stock.

»Das hier ist die Knarze-Stufe«, sagt Jola und tänzelt auf einer der Stufen hin und her, sodass ein Geräusch ertönt, das sich ein bisschen so anhört wie das Winseln eines Hundes. Dann hüpft sie weiter die übrigen Stufen hoch, bis sie in einen kleinen Flur kommen, von dem mehrere Türen abgehen. Aber es geht noch weiter.

»Wir sind ganz oben«, sagt Jola und deutet auf eine Leiter am Ende des Flures. Finn und Jola klettern die Sprossen hoch. Die Leiter führt durch eine Luke auf den Dachboden. Warmer Holzgeruch schlägt Finn entgegen. Seine Augen brauchen einen Moment, bis sie sich an das Zwielicht gewöhnt haben. Durch die Ritzen zwischen den Dachziegeln fallen schmale Keile aus Sonnenlicht, in denen Staub tanzt wie Glitter. An einer quer durch den Raum gespannten Leine trocknet Wäsche. Unter Finns Füßen knistert es. Er schaut verwundert auf den Boden, der von einer silbergrauen Schicht bedeckt ist.

»Was ist denn das?«

»Tote Fliegen«, sagt Jola.

Tatsächlich. Der ganze Boden ist mit trockenen schwarzen Insektenkörpern bedeckt. Finn schaudert es ein bisschen.

»Die fliegen hier rein, weil es schön warm ist. Irgendwann sterben sie – und plumps«, sagt Jola.

Sie geht auf eine Tür zu und öffnet sie.

»Tattaaah!«, sagt sie und macht eine einladende Geste. »Na, da staunst du?«

Ja, Finn staunt.

Hinter der Tür ist ein kleines Zimmer. Und anders als der Dachboden ist es komplett eingerichtet. Mit Teppichboden, einem Doppelbett und einem Schrank darin. Die Wände sind mit Blümchentapete tapeziert. Es gibt sogar ein Waschbecken und in der Giebelwand ein kleines Fenster, von dem man über das Dorf bis zur Oder schauen kann.

»Ganz früher war das mal Mamas Zimmer, bevor sie mit Papa nach Deutschland gegangen ist.« Jola streift die Schuhe ab und hüpft auf das Bett. »Gefällt es dir?«

»Und wie!«, sagt Finn und springt zu ihr auf die Matratze.

Ausgelassen hüpfen sie wie auf einem Trampolin. Das Bettgestell knarzt und ächzt. Die Sprungfedern quietschen. Sie springen immer wilder. Immer weiter und höher, bis Jola mit dem Kopf an der Dachschräge anstößt.

»Autsch!« Lachend lässt sie sich rücklings aufs Bett fallen und hält ihren Kopf. »Klong-Schaddong.«

Finn muss ebenfalls lachen. Jola und ihre Sprüche. Das hat er vermisst.

Sie liegen nebeneinander auf dem Bett. Um sie herum wirbeln Zillionen winziger Staubflocken im Sonnenlicht. Der Himmel leuchtet blau durchs Fenster. Hoch oben flitzen die Schwalben durch die Luft. Und in Finns Bauch kribbelt so ein sonnenblumengelbes Sommergefühl, dass er fast platzen könnte vor Glück.

»Alles klar?«, fragt Jola.

Finn nickt und überlegt, was er sagen soll. Am liebsten würde er Jola jetzt einfach kurz umarmen und fest drücken. Sodass er das Kitzeln ihrer Haare an seiner Nase spüren würde. Aber Jola springt schon wieder auf.

»Und jetzt zeig ich dir Cedynia!«

3.

Cedynia hieß mal Zehden

»*Dschin dobry.*«

»*Dschin dobry*«, wiederholt Finn.

»Das heißt ›guten Tag‹«, sagt Jola.

Während sie durch das Dorf laufen, bringt sie Finn ein bisschen Polnisch bei.

»Und was heißt guten Abend?«

»*Dobry wietschour.* Du kannst aber einfach auch immer nur *dobry* sagen. Morgens und abends.«

»*Dobry dobry*«, spricht Finn nach.

Gerade kommt eine Frau mit einer Einkaufstasche aus dem Supermarkt.

»*Dobry*«, sagt Finn und die Frau nickt ihnen freundlich zu.

»Du musst das r mehr rollen«, korrigiert Jola. »*Dobrrrry.*«

»*Dobrrrrrrry*«, macht Finn und lässt seine Zunge gegen den Gaumen knattern.

»*Tak.*« Jola nickt zufrieden. »*Tak* heißt ja und nein heißt *nie.* – Und das hier ist der Dorfplatz.«

Finn schaut sich um. Zwischen den Häusern liegt ein kleiner Platz mit ein paar Bäumen, in der Mitte plätschert ein Brunnen.

Jola deutet auf ein Haus mit zwei weiß-roten Fahnen daran. »Das ist das Rathaus«, erklärt sie. »Und das das Hotel Piast. Da steigen die feinen Pinkel ab.«

Finn schaut zu dem Hotel. Auf der Terrasse sitzen ein paar Gäste und werden von einem Kellner im schwarzen Anzug bedient.

Jola hüpft weiter. »Und jetzt zeig ich dir was total Gruseliges, ja?«

Finn liebt gruselige Sachen. Wenn sie nicht zuuuuu gruselig sind. Jola bleibt vor einem Gebäude am Fuß des Platzes stehen. *Muzeum* steht über dem Eingang. Jola öffnet die Tür und geht hinein, Finn folgt ihr. Im Raum dahinter riecht es nach altem Bohnerwachs. Das wellige Gummiparkett wabbelt weich unter den Füßen. An den Wänden stehen Vitrinen aus Glas. Im Hinterzimmer sitzt eine Frau mit schwarzen Haaren und dicken Armen. Sie schaut über ihre Lesebrille.

»*Dobry*«, ruft Jola ihr zu. Die Frau nickt gnädig.

Finn guckt in eine der Vitrinen. Darin sind irgendwelche Urzeit-Sachen. Zerbrochene Vasen und Flaschen, rostige Gürtelschnallen und Spitzen, wahrscheinlich von Messern oder Pfeilen, die die Urzeitmenschen gemacht haben. Das kennt Finn alles aus dem Museum in Berlin.

»Und das soll gruselig sein?«, fragt er Jola.

»Warte.« Jola zieht ihn zu einer flachen Vitrine. Sie ist so hoch, dass Finn gerade über den Rand schauen kann. Er presst die Nase an den Glasdeckel und schreckt zurück: Aus der Vitrine grinst ihn ein Totenschädel an!

Jola lacht. »Ich habs ja gesagt. Voll gruselig!«

Finn schaut noch einmal genauer.

In der Vitrine liegt auf einem Sandbett ein Skelett. Die Knochen sehen ganz gelb und brüchig aus.

»Ist das echt?«, fragt Finn.

Jola nickt. »Das ist ein toter Ritter. Einer von ganz früher. Der lag Jahrhunderte in der Erde, bis ihn jemand ausgebuddelt und ins Museum gebracht hat.«

»Irgendwie komisch, wenn man tot im Museum ausgestellt wird«, sagt Finn und schaut auf das verwitterte Eisenschwert, das neben dem Knochenmann liegt.

»Ja, schon«, sagt Jola. »Aber wenigstens kommt dann immer mal jemand und guckt nach einem. Und die ägyptischen Mumien sind ja auch im Museum. Tutanchamun und so.«

Da hat Jola auch wieder recht, denkt Finn und überlegt: »Wie der hier wohl hieß?«

»Kasimir, der Klapperknochen, oder so ähnlich«, sagt Jola und geht weiter. In einem zweiten Raum stehen noch mehr Vitrinen. Sie sind voll mit Pistolen und Gewehren und anderem Kriegsgerät.

»Das sind alles Sachen aus dem Dings …«, erklärt Jola. Sie schaut auf das kleine Schildchen in der Vitrine und liest den polnischen Text. »Also aus dem Zweiten Weltkrieg. Da hat Deutschland Polen überfallen.«

»Davon hat Papa mir erzählt«, sagt Finn und erinnert sich. Papa war da auch noch gar nicht auf der Welt gewesen. Und Opa Klaus auch nicht. Aber der Papa von Opa Klaus. Und der war bei den Nazis, weil er Hitler gut fand. Aber Hitler war gar nicht gut. Hitler hat den Krieg angefangen und ganz viele sind getötet worden.

Finn schaut auf die Waffen in der Vitrine. Eigentlich findet er Pistolen und Gewehre ziemlich interessant. Aber jetzt muss er daran denken, dass mit diesen Waffen wirklich auf echte Menschen geschossen worden ist.

Jola zeigt auf die Erklärtafel an der Wand. »Der Krieg hat sechs Jahre gedauert. Von 1939 bis 1945. Und hier waren auch viele Kämpfe. Deutsche gegen Polen und Russen.«

»Gut, dass wir damals nicht gelebt haben«, sagt Finn.

Jola formt mit den Fingern eine Pistole. »Bäng, bäng! Stell dir vor, dann hätten wir vielleicht aufeinander geschossen. Wie in so ’nem Ballerspiel.«

Finn liebt Ballerspiele. Bei *Bumbum Bazooka* sind er und Carlo schon auf dem obersten Level. Carlo ist Finns bester Freund und hat eine Konsole zu Hause. Mama findet es nicht gut, dass Finn solche Spiele spielt, aber Carlos Eltern sind da voll cool. Trotzdem ist Finn jetzt froh, dass in echt kein Krieg mehr ist.

Er schaut auf die Landkarte auf der Erklärtafel. Unter Cedynia steht in Klammern noch ein zweiter Name. »Warum steht denn da ›Zehden‹?«, fragt er verwundert.

»Früher hieß Cedynia Zehden«, sagt Jola. »Als hier noch Deutschland war. Aber nach dem Krieg war es dann Polen. Und wo früher Polen war, ist heute Ukraine.«

Finn schaut auf die Karte, die die veränderten Grenzverläufe zeigt. Polen ist in verschiedenen Rottönen aufgemalt. Es sieht aus wie ein roter Teppich, der von rechts nach links verschoben worden ist.

Jola zeigt auf ein Gebiet im Osten. »Hier haben Dziadeks Mama und Papa früher gewohnt. Aber dann mussten sie da weg und sind hierher gezogen. Und die Deutschen, die hier gewohnt haben, mussten auch weg. Die sind dann nach Bochum oder Stuttgart, oder so.«

Finn schaut auf die Karte. Er stellt sich vor, wie es wäre, wenn Mama und er plötzlich aus Berlin wegmüssten. Zum Beispiel nach Paris. Finn wollte immer schon mal nach Paris, aber nur zu Besuch und nicht für immer. Er kann ja noch nicht mal Französisch. Und Mama auch nur ein ganz kleines bisschen. Und sein Zimmer mit dem Hochbett in der Wohnung in der Grimmstraße würde Finn dann auch vermissen. Und seine Freunde. Und überhaupt alles.

4.

Ein Hund auf drei Beinen

Als sie aus dem Museum wieder auf den Dorfplatz treten, ertönt auf einmal eine helle Stimme: »Jola!«

Ein kleiner Junge mit Strubbelhaaren, Sommersprossen und kurzen Hosen kommt auf einem neongrünen Kinderrad angefahren. Er macht eine Vollbremsung, sodass die Reifen über den Asphalt schlittern. An seiner Seite ist ein kleiner braun-weiß gefleckter Hund mit kurzhaarigem Fell.

»Bist du wieder da?« Der Junge strahlt Jola freudig an.

Jola nickt. Finn löst seinen Blick von dem Hund, der aufgeregt um ihn und Jola herumspringt.

»Und ist das dein Freund aus Berlin?« Der Junge mustert Finn neugierig.

Jola nickt wieder.

»Knutscht ihr auch miteinander?«

Finn spürt, wie ihm das Blut in den Kopf steigt.

»Quatsch«, sagt Jola. »Wir sind Kumpels.«

»Bleibt ihr die ganzen Sommerferien?«

Jola schüttelt den Kopf. »Eine Woche.«

»Nur so kurz.« Der Junge schaut enttäuscht.

Jola wendet sich an Finn. »Das ist der kleine Antek. Er wohnt oben in der Siedlung beim Kloster.«

»Ich bin gar nicht mehr klein!«, protestiert Antek. »Seit letztem Sommer bin ich um fünfeinhalb Zentimeter gewachsen!«

Jola fährt ungerührt fort. »Und er ist eine Nervensäge. Er will immer, dass man mit ihm spielt. Verstecken, Fangen ... so Babykram eben.«

»Das stimmt gar nicht. Ich kann jetzt auch schon freihändig Rad fahren«, sagt Antek beleidigt.

»Oh«, sagt Jola mit gespieltem Erstaunen. »Und kannst du auch schon 'n Wheelie?«

»Was ist denn ein Willi?«, fragt Antek.

»Also nicht«, sagt Jola.

Finn findet es bisschen gemein, dass Jola Antek so behandelt. Er deutet auf Anteks Kinderrad und erklärt: »Das ist, wenn man nur auf dem Hinterrad fährt und das Vorderrad in der Luft hält.«

Antek nickt begeistert. »Ihr könnt es mir beibringen, solange ihr hier seid, ja?«

»Mal sehen.« Jola wirft Finn einen warnenden Blick zu und senkt die Stimme. »Wenn du zu nett zu ihm bist, werden wir den nie wieder los. Er ist echt 'ne Klette.«

Der Hund hüpft wieder mit eckigen Bewegungen um sie herum und kläfft laut, als hätte er genau gehört, was Jola gesagt hat. Erst jetzt erkennt Finn, warum der Hund sich so eigenartig bewegt. Sein rechtes Hinterbein fehlt. Er hat nur drei Beine.

»Aus, Nuschki!«, ruft Antek.

Nuschki hört auf zu bellen und spitzt die kleinen Ohren.

»Und jetzt verzisch dich, Antek«, sagt Jola. »Finn und ich müssen wichtige Dinge erledigen.«

Antek steigt wieder auf sein Fahrrad. »Aber morgen spielen wir was zusammen, ja?« Er schaut Jola hoffnungsvoll an. »Ich kann euch auch was zeigen, was ganz Tolles.«

»Ja«, erwidert Finn. Er findet Antek und Nuschki irgendwie nett.

»Mal sehen«, sagt Jola gnädig, »was der Tag morgen so bringt.«

»Cool!« Antek nickt glücklich und tritt in die Pedale. »Williiiii!«, ruft er und fährt die Straße am Supermarkt hoch. Nuschki pest hinterher und sein Hinterlauf hüpft dabei auf und ab wie eine Nähmaschinennadel.

»Der arme Hund«, sagt Finn.

»Mähdrescher«, sagt Jola. »Er war Matsch, als er da reingeraten ist. Aber Antek hat ihn gerettet und so lange gepflegt, bis er wieder laufen konnte. Deswegen heißt er auch Nuschki, wie *Nóżki* – Beinchen.«

Finn und Jola gehen den Berg zum Oberdorf hoch. Jola will Finn den Aussichtsturm zeigen. Finn denkt immer noch über Antek nach. »Wieso kann er so gut Deutsch?«

»Sein Vater ist Deutscher. Aber vor zwei Jahren hat er die Biege gemacht. Jetzt wohnt Antek alleine mit seiner Mutter.«

Finn nickt und denkt an Mama und Papa, die sich auch getrennt haben. Da war er acht. Erst fand er es ganz schlimm. Aber jetzt hat er sich daran gewöhnt. Und er hat zwei Zimmer für sich: eins in der Grimmstraße bei Mama in Berlin und eins in Neustrelitz bei Papa.

Sie kommen an der Kirche vorbei, ein trutziger Bau aus grauen Feldsteinen. Aus zwei Lautsprechern am Portal quäkt eine Stimme auf Polnisch.

»Was ist das?«, fragt Finn verwundert.

»Drinnen ist gerade Messe«, sagt Jola. »Und die Lautsprecher sind dafür da, dass es auch alle im Dorf hören.«

Finn lauscht dem Singsang einen Moment. Er versteht ein Wort: »Ah-ha-ha-ha-men.«

Sein Blick fällt auf ein großes Holzpodest neben der Kirche. Darauf ruht ein pyramidenförmiger Aufbau mit einem Wetterhahn obendrauf.

»Das ist die Kirchturmspitze«, erklärt Jola.

»Und warum steht die hier unten?«, fragt Finn und schaut hoch zum Turm, wo tatsächlich die Spitze fehlt.

»Der Wetterhahn war nicht schwindelfrei. Deswegen

mussten sie ihn runterholen«, erklärt Jola. »Sonst wär er vor lauter Schwindel noch runtergekracht und jemandem auf den Kopf gefallen.«

»Ich glaub dir kein Wort«, sagt Finn, der Jolas Hang zu Flunkereien schon kennt.

»Doch«, sagt Jola. »Der muss wirklich repariert werden.«

Sie hüpft weiter. »Komm, wir nehmen die Abkürzung über den Friedhof. Vielleicht treffen wir da ein paar Zombies!«

Finn gruselt sich eigentlich gar nicht vor Friedhöfen. Mama geht oft auf dem am Südstern spazieren. Und Mukthar, mit dem Mama zusammengekommen ist, ein Jahr nachdem sie und Papa sich getrennt haben, sagt immer, dass die Friedhöfe in Berlin so schön sind. Mit den alten Bäumen, den Grabmälern und den Inschriften drauf. Der Friedhof von Cedynia hat weniger Bäume, aber dafür ist er viel bunter als der Friedhof am Südstern. Auf den Gräbern stehen lauter Blumen und Grablichter in leuchtenden Farben.

»Die sind ja schön«, sagt Finn.

»Alle aus Plastik«, sagt Jola. »Die blühen immer und man muss sie nie gießen.«

Finn fasst eine der Blumen an. Tatsächlich!

Jola läuft mit erhobenen Händen und Grimassengesicht zwischen den Grabreihen durch: »Uahhh, ich bin ein Zombie und fresse Plastikblumen!«

Finn lacht. Dann laufen sie weiter zum Aussichtsturm. Er

steht ganz oben auf der Hügelkuppe und sieht aus wie der Turm einer Ritterburg. Rund und aus gelbem und rotem Backstein gemauert. Seine Krone überragt die alten Buchen auf dem Hügel. Die Eingangstür aus schwerem Eichenholz ist mit einem Vorhängeschloss gesichert. Jola steckt die Hand in einen Spalt im Mauerwerk und holt einen Schlüssel heraus.

»Dziadek hat mir verraten, dass die Frau aus dem Museum ihn immer hier versteckt«, sagt Jola grinsend und schließt das Schloss auf. Finn und sie klettern die enge Wendeltreppe nach oben und erreichen die Aussichtsplattform. Vor ihnen liegt das weite Land. Das satte Grün und Gelb der Felder. Im Westen funkelt das Band der Oder in der Sonne. Dahinter sind im Dunst ganz klein mehrere Windräder zu erkennen.

»Da drüben ist schon Deutschland«, sagt Jola.

Finn schaut auf die sich drehenden Rotoren. »Es sieht aus, als würden sie zu uns rüberwinken«, sagt er.

Jola nickt. »Und jetzt hab ich Lust auf *Lody*!«

Lody heißt Eis auf Polnisch und Jola sagt, dass es in Cedynia das beste Eis von ganz Polen gibt.

Vor dem Bäckerladen am Dorfeingang steht eine kleine Schlange. Die Softeismaschine läuft auf Hochtouren. Finn und Jola stellen sich an.

»Du wirst merken, das Eis schmeckt hier ganz anders«, sagt Jola. »Ich nehme immer Vanille mit *Krówki*-Soße.«

»Dann nehm ich das auch«, sagt Finn.

Auf einmal tippt ihm jemand auf die Schulter.

»Hey, du. Wir waren vor euch dran.«

Finn dreht sich um. Hinter ihm stehen zwei groß gewachsene Jungs. Blond, blaue Augen und beide mit dem gleichen eckigen Kinn im Gesicht. Offensichtlich Brüder.

»Ihr habt euch vorgedrängelt. Wir standen hier schon«, sagt der, der Finn auf die Schulter getippt hat.

»Hier stand niemand.« Finn schüttelt den Kopf.

»Doch«, sagt der andere. »Wir haben nur schnell Geld geholt.«

»Weggegangen Platz vergangen«, sagt Jola.

»Ihr seid wohl aus dem Kaff hier?«, fragt der eine und schneidet eine Grimasse, um zu zeigen, was er von Leuten »aus dem Kaff hier« hält.

»Hast du ein Problem damit?«, entgegnet Jola.

Der andere grinst. »Dorfjugend. Doof, dass es knallt …«

»Und wer seid ihr?«, fragt Finn.

»Ich bin Bosse Hardenburg«, sagt der eine mit einem Ton in der Stimme, als müsste alle Welt den Namen kennen.

»Und ich Lasse Hardenburg«, sagt der andere nicht weniger arrogant. »Aus Berlin.«

»Ich bin auch aus Berlin«, sagt Finn. »Aus Kreuzberg.«

»Und was machst du dann hier?«, fragt Lasse.

»Urlaub«, sagt Finn.

»Freiwillig?«, fragt Bosse und verzieht das Gesicht.

Finn nickt.

»Schön blöd«, sagt Lasse.

»Ihr etwa nicht?«, fragt Jola.

Lasse schüttelt den Kopf. »Unsere Alten wollten unbedingt ’ne Tour mit uns machen. Jetzt wohnen wir in der Bumsbude da drüben.« Er deutet auf das Hotel Piast neben dem Rathaus.

Bosse tritt ungeduldig vor. »So und jetzt Platz da, wir habens eilig.«

Er will Finn zur Seite schieben.

»Nix da«, sagt Jola und mustert die beiden Brüder herausfordernd.

Finn behauptet seinen Platz. »Wir waren zuerst hier.«

Bosse und Lasse schauen sich grinsend an. »Die wollen hier wohl ’n Zwergenaufstand machen.«

»Ja«, sagt Jola. »Wollen wir. Und wisst ihr, was ich glaube? Ihr seid gar nicht aus Berlin und auch nicht aus Bullerbü, sondern aus Arschlochhausen.«

Lasse und Bosse klappen die eckigen Kinnladen runter.

Finn grinst. Das hat gesessen.

»Hör dir die kleine Kackbratze an«, sagt Bosse zu Lasse, aber es klingt nur wie eine müde Retourkutsche.

Die Schlange ist inzwischen so weit vorgerückt, dass Jola und Finn dran sind.

»Zweimal Vanille mit *Krówki*-Soße«, sagt Jola zur Eisverkäuferin.

Finn bezahlt mit einem der Złoty-Scheine, die Papa ihm mitgegeben hat.

Als sie mit den Eistüten in der Hand an Bosse und Lasse vorbeigehen, fühlt sich das richtig gut an.

»Wir haben euch noch was übrig gelassen«, sagt Finn. »Schönen Urlaub noch.«

5.

Von Deulen und Potschen

Es ist frisch geworden. Die Sonne versinkt hinter der Oder und legt einen goldenen Lichtsaum über Cedynia. Als Finn und Jola zur Kirche hochgehen, scheppert wieder der Gesang des Pfarrers aus den Lautsprechern. In der Luft hängt der beißende Geruch von verbranntem Holz aus den Kaminöfen.

»Mann, waren die beknackt«, sagt Jola und steckt den letzten Rest ihrer Eiswaffel in den Mund. »Platz da, wir sind Bosse und Lasse Humpeldumpel aus Berlin«, äfft sie die beiden Brüder nach.

Finn lacht. »Arschlochhausen, das war voll gut. Hoffentlich reisen die schnell ab und wir sehen sie nie wieder.«

Als Finn und Jola ins Haus kommen, duftet es nach Essen. Babcia hat *Żurek* gekocht. Eine Sauerteigsuppe mit Pilzen, Ei und Wurst drin.

»Aber, Babciu, Finn ist doch Vegetarier«, sagt Jola.

»Ich doch weiß, Kindchen«, sagt Babcia. »Extra habe gemacht eine mit ohne Fleisch.«

Babcia stellt fünf Teller mit runden Brotlaiben auf den Tisch. Der obere Teil liegt wie ein Deckel auf dem unteren. Finn hebt ihn hoch und staunt. Im ausgehöhlten Unterteil des Brotes ist die Suppe.

»Gut, was? Man kann den Suppenteller gleich mitessen«, sagt Jola und greift zum Löffel. »*Smacznego!*«

»Schmatznego«, wiederholt Finn grinsend. »Heißt das ›nicht schmatzen‹?«

»Nee«, lacht Jola, »das heißt ›guten Appetit‹!«

»*Smacznego*«, sagen Babcia und Dziadek.

Wojciech löffelt schon.

»Hmm«, sagt Finn. »Lecker.«

Babcia freut sich. »Statt Fleisch ist mit extra viel Ei und Zwiebel für dich.«

»Ich will auch mal probieren«, sagt Jola und nimmt einen Löffel von Finns Suppe. »Echt lecker! Das nächste Mal nehm ich auch vegetarisch!«

»Ist doch alles Quatsch«, murrt Wojciech. Er nimmt eine der Buletten, die auch auf dem Tisch stehen. »Mhhhh, Fleisch ist Natur!« Er beißt rein und kaut genüsslich.

Jola kichert. »Das ist eine Bärlauchtofubulette von Finns Papa.«

Babcia nickt. »Ist nicht Fleisch, aber schmeckt auch.«

Dziadek lacht.

Wojciech wischt sich den Mund ab. »Was lacht ihr?«, blafft

er ungehalten. »Ihr schuftet euch hier krumm und buckelig. Und dann wollt ihr nicht mal mehr Fleisch essen?«

Dziadek schüttelt den Kopf. »Nicht reg dich auf.«

Aber Wojciech regt sich auf. »Das ist doch kein Leben, was ihr hier lebt. Jeden Tag von morgens bis abends schuften. Und wofür? – Nicht mal Urlaub macht ihr. Alles, was ihr kennt, ist dieses Nest hier, sonst gar nichts.«

»Wozu ich muss weg, wenn alles ich habe hier?«, sagt Babcia.

»Es hat einfach keinen Zweck.« Wojciech schiebt den Teller weg und steht missmutig auf. »Ich geh schlafen. Ich muss morgen früh raus. *Dobranoc.*«

Jola und Finn liegen nebeneinander in dem großen Doppelbett in ihrem Zimmer. Finn hat eine orangene Box aus seiner Tasche genommen und unauffällig neben sich gelegt. Aber Jola hat die Box gleich entdeckt.

»Hast du etwa eine Zahnspange?«

»Ja, aber nur nachts«, sagt Finn.

Vor zwei Monaten ist Mama mit ihm zum Kieferorthopäden gegangen und der hat gesagt, dass Finn eine Spange braucht. Zum Glück aber keine feste. Finn sollte sie eigentlich Tag und Nacht tragen, aber er hat mit Mama ausgehandelt, dass er sie tagsüber nur dann tragen muss, wenn er zu Hause ist. Und jetzt ist er ja nicht zu Hause.

»Was hast du für eine Farbe?« Jola hat sich die Dose schon geschnappt und klappt sie auf.

»Regenbogen«, sagt Finn. Er konnte sich die Spange unter ganz vielen verschiedenen Modellen aussuchen. Es gab alle Farben, Glitzer, durchsichtig, gestreift, gepunktet ...

»Zeig mal, wie du damit aussiehst«, sagt Jola.

»Nee«, sagt Finn, dem es ein bisschen peinlich ist.

»Komm schon«, sagt Jola.

Finn nimmt die Spange aus der Box und setzt sie ein.

»Chufrieden?«, nuschelt er. Er kann sich noch so sehr anstrengen, mit der Spange im Mund wird jedes »s« und »z« zu einem zischelnden »ch«.

»Kann ich sie auch mal probieren?«, fragt Jola.

»Nee«, sagt Finn.

»Bitte«, bettelt Jola.

»O. k. ...« Finn nimmt die Spange raus und wischt sie mit seinem Schlafanzugärmel trocken. Jola schiebt die Spange in den Mund. Sie passt erstaunlich gut.

»Wie cheh ich auch?« Sie wühlt in dem Kleiderberg neben dem Bett nach ihrem Handy und bleckt die Zähne. »Voll cool!« Jola betrachtet sich auf dem Display und macht ein Selfie. Dann fingert sie die Spange wieder raus, wischt sie ab und gibt sie Finn zurück.

Finn kuschelt sich in die Decke.

»Licht aus?«, fragt Jola.

Finn nickt. Jola knipst die Lampe aus. Finn schaut in den sternklaren Nachthimmel draußen vor dem Fenster.

»Du …«, sagt Jola nach einer Weile.

»Hmmm«, sagt Finn.

»Alles o.k.? Du bist so still.«

Finn nickt schnell und nimmt die Spange wieder raus.

»Ich denke nur nach.«

»Worüber denn?«

»Über den Krieg und so …«, sagt Finn.

Jola strampelt die Decke weg. »Voll krass. Wenn wir damals gelebt hätten, dann wären wir Feinde gewesen.«

Finn nickt. »Und nur, weil du Polin gewesen wärst und ich Deutscher.«

»Weißt du, was«, Jola streckt ihre Füße in die Luft und wackelt mit den Zehen. »Ich mag Polen, aber ich bin auch froh, dass ich in Deutschland lebe.«

»Und warum?«, fragt Finn.

Jola überlegt. »Zum Beispiel, weil es da einfach bessere Pizza gibt.«

»Aber Pizza ist gar nicht deutsch, sondern italienisch«, sagt Finn.

»Ich bin ja auch nicht richtig polnisch, sondern irgendwas dazwischen.«

Finn schaut nachdenklich auf Jolas wackelnde Zehen. »Vielleicht bist du so 'ne Art Potsche.«

»Potsche?«

»Na, eine Mischung. *Pol*in und *Deutsche*.«

Jola lacht. »Ja, genau. Oder eine Deulin!«

Potsche und Deulen. In Finns Kopf kreisen die Gedanken. Dann gibt es auch noch Franolen und Deuzosen, Britolen, Italiten, Amereutsche und Ghanatschen. So wie Mukthar, Mamas Freund, der aus Ghana kommt und immer sagt, dass er den deutschen Genitiv besser beherrscht als die meisten Deutschen.

Finn gähnt. Es war ein langer Tag. »Ich bin ganz schön müde.«

Gähnen ist ansteckend. Jola gähnt auch. »Ich bin noch ein bisschen wach. Aber wenn du willst, kannst du schon einschlafen.«

»Ja.« Finn setzt die Spange wieder ein. »Ich chag chon mal Dobrenotch.«

»Dobranoc«, sagt Jola.

Finn schiebt das Kissen zurecht. Die Bettwäsche riecht ganz anders als zu Hause. Nach Waschmittel und Gras und nach Sommer. Finn denkt an Mama und Papa. Und an Teps, seine Katze, die jetzt zusammengerollt auf ihrem Platz unter seinem Hochbett liegen würde. Ganz kurz bekommt er ein kleines bisschen Heimweh. Aber wirklich nur ganz kurz.

6.

Das Ding im Schuppen

»Finn!«

Plötzlich schreckt Finn hoch.

»Finn«, wispert es erneut.

Er spürt, wie eine Hand seine Schulter rüttelt. Verwirrt blinzelt er in die Dunkelheit. Im ersten Augenblick weiß er gar nicht, wo er ist. Draußen ist es Nacht, der Mond scheint ins Zimmer. Jola steht neben dem Bett und rüttelt ihn.

»Wach auf. Da passiert irgendwas.« Sie läuft aufgeregt ans offene Fenster.

Finn steht benommen auf. Er muss schon tief und fest geschlafen haben. Sein Mund ist ganz trocken. Die Spange drückt. Er nimmt sie schnell raus. »Wie spät ist es denn?«

»Kurz nach drei«, flüstert Jola.

Finn tritt neben sie und schaut aus dem Fenster. Unten im Schuppen brennt Licht. Gedämpfte Geräusche sind zu hören. Ein dunkles kratziges Schaben. Als würde etwas Schweres über rauen Untergrund geschleift.

»Einbrecher?«, fragt Finn erschrocken. Er denkt an die Hardenburg-Brüder. Haben die sie vielleicht verfolgt und wollen es ihnen heimzahlen? Oder die Zombies vom Friedhof oder Kasimir, der Klapperknochen, aus dem *Muzeum*?

»Ich weiß nicht«, flüstert Jola aufgeregt. »Ich bin von dem Geräusch aufgewacht. Irgendwas passiert da.«

In diesem Moment schwingt die Tür des Schuppens knarzend auf und eine dunkle Silhouette tritt heraus. Sie sieht groß und bedrohlich aus. Die Gestalt tritt aus dem Schatten und nun beleuchtet das Mondlicht ihr Gesicht. Finn und Jola erkennen es sofort.

»Wojciech«, entfährt es Jola überrascht.

»Hat er nicht gesagt, er geht früh ins Bett?«, fragt Finn.

Jola nickt. »Schlafen sieht anders aus«.

Als Finn und Jola am nächsten Morgen aufwachen, liegt der Hof friedlich in der Morgensonne. Der Himmel ist kratzeblau ohne ein einziges Wölkchen. Die Hühner staksen durch die Wiese. Die Tür des Schuppens ist zu.

Unten in der Küche empfängt sie der Duft von frisch Gebackenem. Babcia holt gerade ein Blech aus dem Ofen.

»*Rogaliki!*«, jubelt Jola. Auf dem Blech sind kleine goldgelbe Hörnchen.

»Gut geschlafen?«, fragt Babcia und stäubt mit einem Sieb Puderzucker über die *Rogaliki*.

Finn nickt. »Sehr gut.«

Jola schnappt sich ein Hörnchen vom Blech.

»Ist noch ganz heiß!«, warnt Babcia.

»Haaaahhhh!« Jola wirft es zwischen den Händen hin und her, bis es etwas abgekühlt ist. Dann hält sie es Finn unter die Nase. »Babcias *Rogaliki* sind die leckersten der Welt.«

Babcia schüttelt tadelnd den Kopf. »Immer du musst machen Unsinn, Jolanta.«

Sie schiebt Jola und Finn zum gedeckten Tisch. Es gibt Brot, Butter, gekochte Eier, Käse und Wurst, Honig, Marmelade und Kakao.

Finn und Jola greifen voll Heißhunger zu. Finn beißt in eins der noch warmen *Rogaliki.* Jola hat nicht zu viel versprochen. Es schmeckt fantastisch. Ein bisschen wie Vanille-Kipferl mit Pflaumenmus drin. Mürbe und saftig zugleich.

»Wo ist denn Wojciech, der alte Stinkstiefel?«, fragt Jola mit vollem Mund.

»Immer so frech!«, sagt Babcia. »Wojtek schon gefahren. Muss bringen Waschmaschinen nach Ukraine.«

Jola und Finn werfen sich einen bedeutungsvollen Blick zu. Sie können es kaum erwarten, in den Schuppen zu gehen, um nachzusehen, was Wojciech da so Geheimnisvolles gemacht hat.

Babcia schenkt ihnen Kakao nach. »Wenn er kommt zurück in einer Woche, er euch wieder bringen nach Berlin.«

Die Tür geht auf. Dziadek zieht seine Gummistiefel aus und kommt auf Socken herein.

»Tomasz«, ruft Babcia. »Deine Füße sind wie Maulwurf! Machen immer Löcher!«

Dziadek schaut auf seine Socken, aus denen seine großen Zehen wie zwei weiße Knubbel herausgucken.

»Hab ich Lüftung«, sagt er. »Ist gut für Füße.«

»Ist unmöglich!« Babcia knallt die Ofenklappe zu.

Dziadek setzt sich zu Finn und Jola an den Tisch und schenkt sich kopfschüttelnd Kaffee ein.

»Manchmal Babcia ist wie Gruby.«

»Wer ist denn Gruby?«, fragt Jola.

Dziadek trinkt schlürfend. »Junge Bulle von Bauer Makowski aus Nachbardorf. Ist ganz wild. Ist diese Monat schon zweimal von Weide abgebüxt.«

Babcia stemmt die Hände in die Hüften. »Oh, ja! Manchmal ich auch gerne möchte abbüxen! Dann du kannst sehen, wo du bleibst.«

»Nein, Renatko, bitte«, Dziadek steht auf und umarmt Babcia von hinten. »Du bist meine liebe Frau.«

»Ihr seht«, Babcia lächelt Finn und Jola an, »er nicht kann ohne mich.« Sie gibt ihm einen Kuss. »Und ich nicht kann ohne ihn.«

»Ganz genau«, sagt Dziadek und setzt sich wieder. Er nimmt einen Tabletcomputer von der Anrichte, setzt seine

Lesebrille auf und streicht über das Display. »Hat Wojciech letzte Mal mitgebracht für uns.« Er wischt rauf und runter, hin und her, runzelt kopfschüttelnd die Stirn. »Wo noch mal man kann machen Wetterbericht?«

»Das ist doch ganz einfach, Dziadziu!« Jola nimmt das Tablet, tippt auf das Symbol und öffnet die App.

»Ahhh«, sagt Dziadek und schaut auf die Reihe der kleinen gelben Sonnen, die weitere Sommertage verkünden. »Immer ich vergesse, wo drücken ...«

»Weil du nicht nur hast Löcher im Strumpf, sondern auch in altem Kopf«, sagt Babcia.

»Stimmt nicht«, sagt Dziadek. »Ich schon weiß, wie man kann lesen Zeitung mit Tablet.« Er öffnet die aktuelle Online-Ausgabe der Regionalzeitung und liest stolz die Schlagzeile vor. »Rekordernte bei Kartoffeln erwartet!«

Kaum haben Finn und Jola die letzten *Rogaliki*-Krümel verdrückt, springt Jola auf. »Wir gehen raus spielen!« Finn kippt schnell den letzten Rest Kakao runter und folgt ihr.

»Kinder, warum immer so eilig?«, ruft Babcia ihnen noch nach. Aber da sind Finn und Jola schon draußen auf dem Hof. Die Hühner gackern aufgeregt. Jola steuert zielstrebig auf den Schuppen zu. »Jetzt bin ich aber mal gespannt, was Wojciech da drin getrieben hat.«

Sie öffnet die Tür. Knarzend dreht sie sich in den Angeln.

Jola schiebt sich durch den Spalt. Finn folgt ihr und verharrt überrascht. Vor ihnen steht ein Traktor. Ein Belarus. Finn reibt sich die Augen. Es ist, als hätte er die gleiche Situation schon mal erlebt.

»Der sieht ja genauso aus wie der, mit dem wir letzten Sommer gefahren sind«, ruft er.

Jola nickt. »Hab ich doch gesagt. Dziadek hat so einen. Deswegen wusste ich ja, wie der geht. Weil Dziadek mir alles erklärt hat. Bestimmt dürfen wir mit dem auch mal fahren.«

»Das wär toll«, sagt Finn und denkt an die nackten Dänen, die ihnen damals aus dem Graben geholfen haben, und an den pickeligen Tankstellenmann mit dem Diesel.

Jola ist um den Traktor herumgegangen und stößt einen Pfiff aus. »Hier ist was!«

An der hinteren Wand des Schuppens sind alle möglichen Sachen abgestellt. Eine alte Zinkbadewannc, Gartenwerkzeug, ein Stapel alter Reifen und eine Kommode, in der zwei Schubladen fehlen. Die Beine der Kommode haben in dem staubigen Boden frische Spuren hinterlassen. Offensichtlich ist sie erst vor Kurzem bewegt worden.

»Feste!«, kommandiert Jola. Mit vereinten Kräften packen sie das schwere Möbelstück und schieben es Stück für Stück zur Seite.

»Hallo Ponallo!«, ruft Jola. »Ich habs ja geahnt!«

Hinter der Kommode steht von einer Plane verdeckt das

Paket, das Wojciech auf dem Parkplatz von Glitzermann übernommen hat.

Jola hebt die Plane und macht sich daran, den Karton zu öffnen. Finn ist nicht ganz wohl dabei.

»Wojciech hat gesagt, wir sollen die Finger davon lassen«, sagt er zögernd.

»Pfff«, macht Jola verächtlich. »Was soll er schon machen. Er ist ja weg.«

Finn überlegt. Jola hat recht. Wenn da eine Leiche oder sonst was Verbotenes drin ist, ist es auch besser, wenn sie Bescheid wissen. Falls die Polizei kommt oder andere Verbrecher, die sich rächen wollen.

Jola hat eine der Laschen des Kartons geöffnet und greift in die Öffnung.

»Und«, fragt Finn. »Was ist da drin?«

Jola steckt den Arm tiefer in das Paket und tastet darin herum. Sie zieht eine Grimasse. »Irgendwas Kühles, Wabbeliges ...«

Finn muss sofort wieder an eine Leiche denken.

Jola kriegt etwas in dem Paket zu fassen und zieht daran.

»Es bewegt sich.«

»Iiiih«, entfährt es Finn.

Mit einem Flatsch-Geräusch fällt etwas aus dem Paket heraus. Jola springt zurück. Finn hält sich die Augen zu. Als er vorsichtig zwischen den Fingern auf das Ding am Boden guckt, sieht er, dass es irgendwas Glänzendes ist. Jola geht wieder näher heran und tritt probeweise mit dem Fuß dagegen. Es wabbelt leicht hin und her. Finn hat jetzt auch die Hand wieder von den Augen weggenommen. Das wabbelige Ding schimmert bläulich – aber es sieht gar nicht aus wie ein Leichenteil. Eher wie ein Haufen Plastik. Jola hebt ein Ende hoch. Es ist tatsächlich ein großer schwerer Packen aus zusammengelegter blauer Plastikfolie, der aus dem Paket gefallen ist.

»Was soll das denn sein?«, fragt Jola.

»Vielleicht irgendwas zum Abdichten«, sagt Finn.

Jola schaut in das Paket. »Da ist nur so Zeugs drin«, sagt sie. Finn schaut auch. Hinter dem Packen ist ein weiterer Packen mit noch mehr blauer Folie zu erkennen. Jola schaut Finn enttäuscht an.

»Das ist ja langweilig.« Sie stopft den Packen in den Karton zurück und verschließt die Lasche wieder. »Und wegen dem Plastikkram macht Wojciech so 'n Bohei …?«

7.

Anteks Geheimnis

Als Finn und Jola aus dem Schuppen treten, stöhnt Jola auf: »Ich habs ja gesagt. Jetzt haben wir den an der Backe.«

Im Hof wartet Antek mit seinem Kinderrad auf sie. Nuschki springt freudig bellend an Finn hoch und leckt ihm mit seiner nassen Zunge über die Hand.

»Hallo, Leute«, ruft Antek fröhlich. »Da bin ich wieder. Seid ihr bereit für das coolste Geheimnis von der ganzen Welt?«

Jola wirft Finn einen Blick zu und verdreht die Augen.

Dann sagt sie: »Was kennst du schon von der Welt, Antek?«

»Eine ganze Menge«, sagt Antek. »Polen, Deutschland – und in Brandenburg war ich auch schon mal.«

»Brandenburg gehört zu Deutschland«, sagt Finn.

»Ja, gut.« Antek nickt. »Aber mein Geheimnis ist wirklich etwas ganz Tolles und man kann damit auch in ganz viele Länder.«

»Wo ist denn dein tolles Geheimnis?«, fragt Jola.

Antek deutet Richtung Oder. »Unten am Fluss. Wir können mit den Rädern hinfahren.«

Jola schaut Finn fragend an.

»Hast du Lust auf eine Tour mit der Nervensäge?«

Finn nickt. Ja, er hat Lust. Interessanter als ein Paket voll Plastikfolie ist Anteks Geheimnis bestimmt.

Dziadek hat schon zwei Räder für sie bereitgestellt. Finn dreht eine Proberunde im Hof. Jola kommt mit einer Tragetasche aus dem Haus und stellt sie in den Korb ihres Rades.

»Ich hab Picknicksachen für uns eingepackt!«

Antek setzt Nuschki in die kleine Holzkiste, die auf dem Gepäckträger seines Kinderrads festgeschraubt ist.

Dann fahren sie los. Zum Dorf hinaus, am Traktorenfriedhof der ehemaligen Staatsbetriebe vorbei auf den Schotterweg.

Jola tritt in die Pedale, reißt den Lenker hoch und fährt ein paar Meter mit dem Vorderrad in der Luft.

»Wheelie«, ruft sie.

Anteks Augen leuchten, er strampelt eifrig, um hinterherzukommen. Dann probiert er es auch, zerrt am Lenker und ruft »Willi!«. Aber nichts passiert. Finn und Jola lachen. »So einfach ist das nicht«, sagt Finn. »Außerdem probierst du das besser mal ohne Nuschki. Der Arme fliegt sonst noch aus der Kiste.« Das leuchtet Antek ein. Mit wild rotierenden Beinen setzt er sich an die Spitze und ruft: »Ich bin Erster!«

In Schlangenlinien umkurven sie die Schlaglöcher und folgen der Holperpiste immer weiter Richtung Westen. Links und rechts von ihnen wogen die Weizenfelder und raschelt der Mais. Die Sonne brennt vom wolkenlosen Himmel auf sie herab. Nuschki sitzt hechelnd in seiner Kiste. Antek, der sich auf seinem kleinen Rädchen mächtig abstrampeln muss, hat vor lauter Anstrengung einen ganz roten Kopf bekommen. Gerade will Finn fragen, wie lange sie noch fahren müssen, da taucht der grüne Wall des Deiches am Horizont auf.

»Dahinter ist die Oder«, ruft Jola und beschleunigt. Finn und Antek ebenso. Mit Karacho sausen sie auf den Deich hoch und bremsen oben ab. Keuchend bleiben sie stehen.

»Wow«, entfährt es Finn.

Vor ihnen liegt das Flussbett der Oder. Das Sonnenlicht glitzert auf dem Wasser. Breit und mächtig windet sich der Strom durch die Auen. Ein rot-weißer Grenzpfosten steht wie eine gestreifte Zuckerstange auf dem Deich.

Jola lässt ihr Rad ins Gras fallen und rennt zum Ufer. »So, Antek, wo ist denn nun dein tolles Geheimnis? Ich seh gar nichts!«, ruft sie.

»Warte!« Antek hebt Nuschki aus der Kiste. Finn und er laufen Jola hinterher. Je näher sie dem Ufer kommen, desto matschiger wird der Untergrund. Finn spürt, wie seine Füße bei jedem Schritt leicht einsinken. Im Schilf quaken Frösche. Ein Reiher steigt mit flappenden Flügeln auf.

Antek deutet auf eine Stelle am Wasser. »Da ist es!«

Sie laufen hin. Hinter einem Schilfgürtel liegt eine flache Holzkonstruktion auf der Erde.

»Was soll das sein?«, fragt Jola.

»Das ist ein Floß«, sagt Antek stolz. »Das hab ich ganz allein gebaut! Aus lauter Sachen, die ich hier gefunden hab.«

»Ein Floß?« Jola zieht skeptisch die Augenbrauen hoch.

Finn betrachtet die Konstruktion. Sie besteht eigentlich nur aus zwei alten Euro-Paletten, die mit Brettern zusammengenagelt worden sind. Finn kennt die Dinger, weil Papa ihm aus solchen Paletten in Neustrelitz ein Bett gebaut hat. Eigentlich nimmt man die Paletten, um Sachen draufzustellen. Die kann man dann nämlich mit dem Gabelstapler transportieren, weil die Gabeln genau in die Paletten passen.

Antek stellt sich auf sein Floß. »Es ist sehr stabil. Pawel aus meiner Klasse und ich haben auch schon versucht, damit zu fahren. Aber das blöde Ding will einfach nicht schwimmen. Obwohl es aus Holz ist.«

»Wenn es aus Holz ist, muss es auch schwimmen«, sagt Jola.

Finn nickt. »So, wie es gebaut ist, schwimmt es sicher auch. Aber wahrscheinlich mehr *im* Wasser als *auf dem* Wasser.«

Antek nickt eifrig. »Ja, genau.«

Jola kann sich ein Gähnen nicht verkneifen. »Tollstes Geheimnis von der ganzen Welt: ein Unterwasserfloß.«

Finn überlegt. »Es braucht einfach mehr Auftrieb.«

»Und wie macht man mehr Auftrieb?«, fragt Antek.

Finn erinnert sich an den Sachkundeunterricht. Frau Henschke-Pohl hat auf jeden Vierertisch eine Schüssel mit Wasser gestellt und ihnen einen Klumpen Knete gegeben. Erst haben sie den Klumpen ins Wasser gelegt und er ist untergegangen. Dann haben sie aus dem Klumpen eine kleine Schale geformt und die Knete ist geschwommen! Vor lauter Aufregung hat Carlo die Schüssel umgekippt und sie alle mussten ihre Hosen über die Heizung hängen. Aber das gehörte nicht mehr zum Experiment.

»Für mehr Auftrieb müssen wir mehr Luft einbauen«, sagt Finn.

Anteks Augen werden immer größer: »Luft einbauen?«

Finn nickt. »Naturgesetz: Ein Körper schwimmt, wenn das Wasser, das er verdrängt, mehr wiegt als er selbst.«

Jola rümpft die Nase. »Streber.«

Finn lässt sich nicht beirren. »Deswegen schwimmen auch Schiffe aus Eisen. Obwohl Eisen eigentlich schwerer ist als Wasser. Aber weil in den Schiffen ganz viel Luft drinnen ist, schwimmen sie.«

Jola tritt gegen das Floß. »Hier ist aber keine Luft drin.

Und ich sag euch jetzt mal *ein* Naturgesetz.« Ihr Magen knurrt laut und deutlich. »Ein Körper, der Hunger hat, braucht dringend was zu futtern!«

8.

Flussfahrt mit Nuschki

Jola hat die Picknickdecke oben auf der Deichkrone ausgebreitet. Darauf haben sie alle zusammen Platz. Nuschki liegt zwischen ihnen. Unter ihnen fließt die Oder. Hinter ihnen liegen die Felder und in der Ferne ganz klein an die Hügelkette geschmiegt Cedynia mit der Kirche und dem Aussichtsturm. Jola packt den Inhalt der Tüte aus. Drei Schokoriegel, eine Packung Kekse, eine große Flasche Limo, drei hart gekochte Eier, drei Möhren, ein Glas mit Essiggurken, ein Stück Käse und sechs Brotscheiben. Sie trinken die Limo aus der Flasche, essen erst ein paar süße Sachen, dann salzige, dann wieder süße. Nuschki bekommt eine Möhre und eine halbe Brotscheibe, die er mit einem Happs verschlingt. Jola nimmt die Limoflasche, trinkt und rülpst laut.

»Wer will den letzten Schluck?«

Antek hebt schnell die Hand. »Ich!«

Er trinkt den Rest und versucht ebenfalls zu rülpsen. Es wird jedoch nur ein kleiner Hickser. Finn und Jola lachen.

Antek zerdrückt die leere Plastikflasche. Da kommt Finn eine Idee.

»Stopp mal.« Finn nimmt die Flasche und betrachtet sie nachdenklich. »Das wär vielleicht eine Möglichkeit.«

»Was für eine Möglichkeit?«, fragt Jola.

»Das Floß flottzumachen.«

»Mit Limo?«, fragt Antek verwundert.

Finn schüttelt den Kopf. »Mit leeren Flaschen. Wir bräuchten nur ganz viele davon.«

»Wir haben aber nur die eine ...«, sagt Jola.

»Ich weiß was«, sagt Antek und fuchtelt eifrig schnipsend mit der Hand durch die Luft, als wäre er in der Schule. »Nämlich, wo noch welche sind. Da hinten, wo die Angler immer stehen. Da liegen ganz viele! Ich zeigs euch.«

Antek springt auf und läuft los. Nuschki hinterher. Finn, der die Idee immer besser findet, folgt den beiden. Jola nicht. Die bleibt auf der Picknickdecke sitzen.

Antek erreicht eine flache Uferstelle, die von einer Weide beschirmt wird. Nuschki wuselt eifrig schnüffelnd hin und her. Finn schaut sich um. Überall liegt Müll verstreut. Leere Zigarettenschachteln, Bierflaschen, ein zerbrochener Klappstuhl und jede Menge leere Plastikflaschen. Einige sind völlig zerdrückt, andere voller Zigarettenkippen oder ohne Deckel.

»Voll die Umweltverschmutzung«, sagt Finn und denkt

daran, wie Papa sich aufregen würde, wenn er das sähe. »Gut, dass wir die jetzt recyceln.«

»Was heißt rießeikeln?«, fragt Antek.

»Das ist, wenn man aus Müll neue Sachen macht«, erklärt Finn, während er die Flaschen aufsammelt.

»Zum Beispiel ein Floß!«, ruft Antek begeistert und sammelt ebenfalls. Schnell hat Finn die Arme voller Flaschen. Antek schiebt sich auch noch welche unter sein T-Shirt. Finn lacht. Antek sieht ganz verbeult aus – wie *Demolition Man* aus der »Space-Roboter«-Serie.

Sie laufen zum Schilfgürtel zurück und lassen die Flaschen neben dem Floß auf den Boden fallen. Nuschki, der merkt, dass etwas Spannendes passiert, bellt. Jola kommt nun auch neugierig dazu.

»Wir brauchen nur die, die noch dicht sind und voller Luft«, sagt Finn und schraubt eine der zerdrückten Flaschen auf. Er wischt die Öffnung ab, zögert kurz. Ein bisschen eklig ist es schon. Dann bläst er rein, so dass die Flasche sich knackend wieder entfaltet. Jola versteht und nimmt sich auch eine Flasche. »Volle Pulle Luft!«

Während Antek Nachschub holt, pusten Finn und Jola eine Flasche nach der anderen wieder auf. Finn schraubt den Deckel auf und dreht ihn fest zu. Er probiert, wie sich die Flaschen am besten am Floß befestigen lassen.

»Sie passen genau in die Paletten«, sagt er. Und in der Tat

klemmen die luftgefüllten Flaschen perfekt in dem Hohlraum zwischen der Ober- und der Unterseite fest.

Eifrig schieben Finn und Jola Flasche um Flasche in den Spalt, während Antek und Nuschki aufgeregt um sie herumhüpfen.

»Gleich fahren wir los mit dem Floß«, singt Antek, der es kaum erwarten kann.

»Fertig«, sagt Finn, als der ganze Zwischenraum gefüllt ist. »Jetzt können wir den Kahn zu Wasser lassen.«

»Nicht so schnell«, bremst Jola. »Erst mal müssen wir ihn taufen. Ein Schiff braucht einen Namen.«

»Au ja!«, ruft Antek begeistert. *»Floßi 1!«*

»Wenn schon, dann *Black Pearl Zwo*«, sagt Jola.

»Wie in Fluch der Karibik!«, sagt Finn.

»Dann sind wir jetzt Piraten?«, fragt Antek aufgeregt.

»Na klar«, sagt Jola.

»Alle Mann bereit zum Stapellauf!«, ruft Finn.

Sie krempeln ihre Hosen hoch, packen an und waten mit der *Black Pearl Zwo* ins flache Wasser. Langsam senken sie das Floß ab.

»Es schwimmt«, jubelt Antek begeistert.

Tatsächlich liegt das Floß jetzt so im Wasser, dass der obere Teil deutlich herausragt und ganz trocken bleibt.

»Es hat funktioniert.« Finn nickt zufrieden.

Am Ufer bellt Nuschki und wedelt hektisch mit dem

Schwanz. »Du kommst natürlich auch mit«, sagt Antek beruhigend. Er nimmt Nuschki auf den Arm und klettert an Bord. Finn hält das Floß fest, damit es nicht davontreibt. Jola hat am Ufer noch zwei lange Äste gefunden. Sie reicht sie Antek, bevor sie auch aufs Floß klettert und Finn zu sich hochzieht. Staksend schieben sie das Floß mit den Ästen vom Ufer weg.

»Ahoiiiiii!«, ruft Antek.

Schon bald werden sie von der Strömung erfasst. Die *Black Pearl Zwo* nimmt Fahrt auf. Sie wird mit jedem Meter schneller und treibt zügig flussabwärts.

»Volle Kraft voraus«, schreit Jola.

Nuschki steht am Bug und hält seine Schnauze in den Fahrtwind. Links und rechts zieht das Ufer immer schneller an ihnen vorbei. Finn fragt sich, ob sie die Geschwindigkeit nicht ein bisschen drosseln sollten. Schließlich müssen sie den ganzen Weg ja auch irgendwie wieder zurückkommen.

Aber Jola jubelt: »Yesss! Wir machen richtig Tempo. Das sind mindestens drei Knoten!«

»Und wie viel sind drei Knoten?«, fragt Antek.

»Drei Seemeilen ...« Finn rechnet. »... eine sind 1852 Meter ... also fast sechs Kilometer pro Stunde.«

»So schnell!«, staunt Antek. »Und wo fahren wir hin?«

»Na, in die Ostsee natürlich«, sagt Jola.

»Dann fahren wir aufs Meer!«, ruft Antek begeistert.

Finn äußert seine Bedenken. »Die ganze Strecke, die wir jetzt machen, müssen wir wieder zurücklaufen. Besser, wir legen bald mal wieder an.«

Antek seufzt. »Schade ... Es ist so schön ... Ich wünschte, wir könnten um die ganze Welt fahren.«

Jola nickt. »Bisschen fahren wir noch.«

In diesem Moment hören sie aus der Ferne das Geräusch eines Motors, das sich nähert. Finn beschirmt die Augen mit der Hand und schaut über das Wasser. Von Norden kommt ihnen etwas mit hoher Geschwindigkeit entgegen. Jetzt erkennt Finn das Gefährt. Es ist ein Jetski, eine Art Wassermotorrad. Darauf sitzen hintereinander zwei Gestalten. Als der Jetski an ihnen vorbeiheult, erkennen Finn und Jola die beiden Fahrer: Bosse und Lasse Hardenburg.

Die Brüder haben Finn und Jola auch erkannt und legen sich nun voll in die Kurve. Sie kehren um und rasen direkt auf das Floß zu.

»Hilfe, was machen die?«, ruft Antek ängstlich und nimmt Nuschki auf den Arm. »Die überfahren uns ja gleich.«

Aber Bosse und Lasse steuern knapp an dem Floß vorbei, das von den Wellen heftig durchgeschaukelt wird.

»Festhalten!«, schreit Jola gegen das Motorengeräusch an und packt Antek. Finn versucht, das Floß mit einem der Äste zu stabilisieren.

»Hey, die Kackbratze und ihre Dorfdoofis«, ruft Lasse.

»Ob die wohl schwimmen können?«, feixt Bosse und steuert erneut auf das Floß zu.

»Mann, lasst den Scheiß, ihr Idioten«, brüllt Finn, der es jetzt auch mit der Angst zu tun bekommt.

Der Jetski schießt mit röhrendem Motor auf sie zu. Im letzten Moment reißt Bosse das Steuer herum, sodass der Jetski wieder haarscharf an dem Floß vorbeibrettert. Die Bugwelle schwappt über die *Black Pearl Zwo*. Das Deck hebt und senkt sich so heftig, dass Finn, Jola und Antek den Halt verlieren und runtergeschleudert werden. Lasses dreckige Lache schallt über das Wasser.

»Viel Spaß beim Planschen!«, ruft er. Dann heult der Motor des Jetskis auf und die beiden Brüder rasen flussaufwärts davon.

Finn strampelt, schluckt Wasser, taucht unter, taucht wieder auf und schnappt nach Luft. Er schaut sich nach den anderen um. Jola schwimmt nicht weit von ihm. Nuschkis Schnauze ragt über das Wasser, während seine Vorderpfoten aufgeregt paddeln. Neben ihm rudert Antek wild mit den Armen und japst panisch: »Hilfe ... Ich ... gehe ... unter!« Er verschwindet unter Wasser.

»Scheiße«, keucht Jola. »Ich glaub, der kann gar nicht schwimmen!«

Finn und Jola tauchen. Sie suchen nach Antek. Doch in dem trüben Wasser ist nichts zu sehen. Finn holt erneut

Luft, schwimmt ein Stück und taucht wieder. Da sieht er einen Schatten. Antek! Wie ein Astronaut treibt er schwerelos in der gelbgrünen Flut. Finn taucht ihm hinterher, schwimmt, so schnell er kann. Aber die Strömung zieht Antek immer mehr davon. Mit letzter Kraft kriegt Finn ihn am Hosenbein zu fassen und zieht ihn hoch. Anteks Kopf taucht auf. Hustend schnappt er nach Luft und klammert sich an Finn.

»Halt dich am Floß fest!«, keucht Finn, der selbst kaum noch Luft kriegt. Jola, die nun auch da ist, packt Antek und schleppt ihn mit Finn zum Floß. Antek klammert sich an den Latten der Palette fest. Gemeinsam bugsieren Finn und Jola das Floß samt Antek Richtung Ufer. Die Strömung lässt sie immer noch nicht los, trägt sie weiter flussabwärts. Aber dann endlich spürt Finn Grund unter den Füßen. Jetzt können sie das Floß ans Ufer schieben. Erleichtert waten sie aus dem Wasser. Aus ihren Kleidern und Schuhen rinnt es in Strömen. Finn schaut in die Richtung, in die Bosse und Lasse mit dem Jetski davongefahren sind. Er kann es immer noch nicht fassen. Sie sind einfach verschwunden.

»Die hätten uns beinahe umgebracht!«

Jola schüttet das Wasser aus ihren Schuhen. »Dafür werden die büßen.«

Anteks Lippen sind ganz blau, seine Zähne klappern.

»Alles nass«, wiederholt er immer wieder. »Meine ganzen

Sachen sind nass.« Über seine Wangen kullern dicke Tropfen und mischen sich mit denen aus seinen Haaren.

Jola legt ihm tröstend den Arm um die Schultern. »Das trocknet alles wieder.«

Plötzlich schreit Antek entsetzt auf. »Nuschki! – Wo ist Nuschki?«

Finn und Jola schauen sich um. Oh, Gott, Nuschki, den haben sie ganz vergessen! Wo ist er? Kein Bellen, keine nasse Zunge, kein hüpfendes Dreibein, nirgendwo. Weder auf dem Floß noch an Land.

»Im Wasser hab ich ihn noch gesehen«, sagt Finn. »Er ist geschwommen.«

Antek läuft ans Ufer, schaut auf die Oder, aber auch dort ist nichts von Nuschki zu sehen.

»Nuschki!« Antek schluchzt verzweifelt auf. »Er kann doch nicht so gut schwimmen! Mit drei Beinen.«

Finn läuft ein Stück am Ufer entlang. »Er ist bestimmt abgetrieben. Und an einer anderen Stelle an Land gegangen.«

»Wir finden ihn schon«, verspricht Jola, die das Schilf durchkämmt.

Aber obwohl sie das ganze Ufer absuchen und dabei hinter jeden Busch schauen und immer wieder rufen »Nuschki! Nuschki, wo bist du?«, obwohl sie immer weiter und weiter laufen, in der Hoffnung, Nuschki doch noch zu finden, finden sie ihn einfach nicht.

Finn lässt sich mutlos neben Jola fallen. Antek sitzt mit hängendem Kopf im Gras. Die Tränen haben helle Spuren in sein staubiges Gesicht gewaschen. Aber jetzt kann er vor lauter Erschöpfung nicht mal mehr weinen. Finn würde Antek gerne trösten, er würde ihm gerne versprechen, dass es Nuschki gut geht und er wiederkommen wird. Aber beim Gedanken, dass es nicht so sein könnte, spürt Finn selbst einen dicken Kloß im Hals.

Antek schüttelt den Kopf. »Es hat keinen Sinn mehr ...«, sagt er leise. »Ich glaube, Nuschki ist ertrunken.«

»Quatsch.« Jola schüttelt den Kopf. »Er kommt wieder. Bestimmt ist er alleine nach Hause gelaufen. Nuschki ist ein zäher Hund. Wer den Mähdrescher überlebt, überlebt auch ein Bad in der Oder.«

Antek wischt sich mit dem Ärmel den Rotz ab. »Das ist nett, dass du das sagst, Jola.«

9.

Familie Hardenburg

Die drei mussten die ganze Wegstrecke, die sie nach Nuschki abgesucht hatten, zurücklaufen. Plus das Stück, das sie mit dem Floß gefahren waren. Und das war ganz schön lang.

Als sie wieder bei den Fahrrädern ankommen, sind ihre Kleider längst trocken. Und sie sind völlig erschöpft. Aber es hilft nichts, sie müssen jetzt auch noch die Strecke bis Cedynia zurückradeln.

Mit letzter Kraft fahren sie stumm die Dorfstraße hoch, als Jola plötzlich scharf bremst.

»Kotz die Wand an!« Sie deutet auf die Terrasse des Hotels Piast. Finn traut seinen Augen nicht. Dort sitzen Lasse und Bosse mit ihren Eltern in der Abendsonne beim Essen.

»Ich fasse es nicht«, sagt Finn. »Da sitzen die einfach so.«

»Nicht mehr lang«, sagt Jola.

Sie, Finn und Antek stellen ihre Räder ab und betreten die Terrasse. Vor dem Tisch der Familie Hardenburg bleiben sie stehen. Jola sagt laut:

»Na, schmeckts, Arschgesichter?«

Herr und Frau Hardenburg schauen verwundert von ihrem Essen auf.

»Wie bitte?«, fragt Herr Hardenburg, der gerade ein Stück Möhre auf seine Gabel gespießt hat.

»Ich hab gefragt, ob es den beiden Arschgesichtern schmeckt«, wiederholt Jola laut und deutlich und zeigt auf Bosse und Lasse.

Frau Hardenburg verzieht das Gesicht. »Also, ich muss doch sehr bitten ...« Sie schaut zu ihren Söhnen. »Kennt ihr diese Kinder?«

Bosse und Lasse zucken mit den Schultern. »Nee ...«

»Natürlich kennen die uns«, sagt Finn empört. »Die haben uns vorhin beinahe umgebracht. Auf der Oder.«

Herr Hardenburg legt die Gabel weg und tupft sich mit der Serviette über sein Kinn, das genauso eckig ist wie das seiner Söhne. »Ich kann mir nicht vorstellen, dass meine Söhne so etwas tun würden.«

Lasse sagt mit vollem Mund: »Nee, haben wir auch nicht. Die sind einfach so vom Floß gefallen. Selbst schuld.«

Jola stemmt die Hände in die Hüften und baut sich vor dem Tisch auf.

»Lüg nicht. Ihr habt uns umgefahren. Ihr habt Nuschki auf dem Gewissen. Den Hund vom kleinen Antek hier. Und, wenn wir ihn nicht gerettet hätten, wär er auch ertrunken.«

Antek, der mit aufgerissenen Augen zwischen Finn, Jola und den Hardenburgs hin und her schaut, nickt eifrig. »Das stimmt!«

Bosse schüttelt abfällig den Kopf. »Keine Ahnung, was die wollen. Wir haben nichts damit zu tun.«

Herr Hardenburg wirft seinen Söhnen einen prüfenden Blick zu, als zweifle er an deren Unschuld. Aber Frau Hardenburg streckt den Rücken durch und rümpft die Nase. »Rudolf, kannst du diesen Kindern jetzt bitte sagen, dass sie verschwinden sollen?«

Herr Hardenburg nickt zögernd. »Ihr habt gehört, was meine Söhne gesagt haben.« Er greift wieder nach seiner Gabel. »Und jetzt würden wir gerne in Ruhe weiteressen.«

Finn, Jola und Antek schauen sich an. Soll das wirklich alles gewesen sein, was Bosse, Lasse und ihren Eltern zu der Sache einfällt?

»Nee.« Jola schüttelt den Kopf. »Wir gehen nicht eher, als bis die beiden ihre Schuld zugeben.«

»Was sind das nur für unverschämte Kinder hier«, sagt Frau Hardenburg. »Das lass ich mir nicht bieten. Ich rufe jetzt den Hotelmanager.«

»Ich regel das schon.« Herr Hardenburg zieht eilig sein Portemonnaie. Er holt einen 20-Euro-Schein heraus und drückt ihn Antek in die Hand. »Hier, da könnt ihr euch einen neuen Hund von kaufen.«

Antek schaut verdutzt auf den Schein. Finn und Jola sind ebenfalls baff. Nicht, weil sie sich freuen, sondern weil sie es kaum glauben können: 20 Euro – dafür, dass Nuschki möglicherweise ertrunken ist?!

Der Kellner kommt auf die Terrasse. Frau Hardenburg winkt ihm. »Herr Ober, diese Kinder belästigen uns. Könnten Sie bitte dafür sorgen, dass sie verschwinden?«

»*Dalej! Dalej!*« Der Ober fuchtelt mit den Händen, als müsse er irgendwelche Fliegen verjagen. »Weg! Weg mit euch!«

Finn und Antek treten den Rückzug an. Jola zögert. Statt umzudrehen, macht sie dann noch einen Schritt vorwärts, beugt sich über den Tisch und spuckt Bosse und Lasse auf die Teller.

Die gucken völlig baff.

Frau Hardenburg stößt einen spitzen Schrei aus.

»Na, warte!«, brüllt der Kellner. Aber da spurtet Jola schon mit Finn und Antek zurück zu den Rädern.

»Guten Appetit!«, ruft sie und tritt in die Pedale.

Als sie völlig außer Puste oben in der Siedlung beim Kloster ankommen, kann Antek es immer noch nicht fassen. »Das war so cool, wie du denen einfach ins Essen gespuckt hast«, sagt er nun schon zum x-ten Mal und schaut Jola bewundernd an.

»Ruckdispuck«, sagt Jola.

Finn nickt. »Sie haben es mehr als verdient.«

Antek stellt sein Kinderrad vor einem der bunten Häuser ab und schaut sich hoffnungsvoll um. Aber kein Nuschki kommt bellend angehoppelt.

»Er ist doch nicht alleine nach Hause gelaufen«, sagt Antek traurig.

»Bestimmt kommt er noch«, sagt Jola. »Zu Fuß ist es ja ein richtig weiter Weg – erst recht für einen dreibeinigen Hund.«

Antek hält den zerknitterten 20-Euro-Schein in seiner kleinen Faust.

»Das Geld sollt ihr haben.«

»Quatsch«, sagt Jola. »Das ist für dich ...«

Antek schüttelt den Kopf. »Ich will es nicht. Es macht mich nur traurig, weil ich dann immer an Nuschki denken muss. Könnt ihr es bitte nehmen?«

Jola nickt. Sie nimmt das Geld.

Antek schaut sie und Finn mit seinen großen Augen an. »Wir sind doch jetzt richtige Freunde, oder?«

Finn legt den Arm um Anteks Schultern. »Ja, Antek, das sind wir.«

Antek lächelt zaghaft. »Das heißt, wir machen bald wieder was zusammen? Und ihr zeigt mir auch, wie der Willi geht?«

»Klar«, sagt Finn. Und Jola hat auch keine Einwände mehr.

Auf einem der Balkone über ihnen fliegt knallend die Tür auf. Eine Frau in einem pinkfarbenen Trainingsanzug erscheint und lässt eine aufgeregte Schimpfkaskade über Antek niedergehen.

»Oh, das ist meine Mama«, sagt Antek.

Jola grinst. »Ich glaub, sie hat sich Sorgen um dich gemacht. Du solltest jetzt mal ganz schnell reingehen.«

»Tschüss, Antek«, sagt Finn.

»Tschüss«, sagt Antek und läuft zum Hauseingang.

In der Tür bleibt er noch mal stehen und dreht sich um. »Aber die *Black Pearl Zwo* ist richtig gut geschwommen! Das müsst ihr zugeben.«

Finn und Jola nicken. »Ja, das ist sie. Wie ein richtig großes Piratenschiff.«

Auf dem Weg zurück radeln sie schweigend nebeneinanderher. Es ist so viel passiert. Finn fühlt auf einmal eine bleierne Erschöpfung, die seinen ganzen Körper ergreift. Jeder Tritt in die Pedale ist ein Kraftakt. Er spürt, wie sehr ihn alles mitgenommen hat. Die Bilder wirbeln durch seinen Kopf. Bosse und Lasse, die mit dem Jetski auf sie zurasen. Die Welle, die über ihnen zusammenschlägt. Das schwankende Floß. Anteks schreckgeweitete Augen, als er ins Wasser fällt. Nuschki, der seine kleine Schnauze aus den Fluten reckt, während er eifrig mit den Vorderpfoten paddelt. Antek, der untergeht. Sein Schatten, der schwerelos im Fluss treibt. Und jetzt spürt Finn auch die Angst, er spürt, wie die Panik ihm die Kehle zuschnürt, wie sein Herz bis zum Hals klopft und seine Lungen pfeifen.

Beim Abendessen wundern sich Babcia und Dziadek, warum Finn und Jola so still sind.

»Schmecken *Pierogi* nicht?«, fragt Babcia besorgt.

Jola und Finn schütteln schnell die Köpfe. Babcias *Pierogi* schmecken ganz wunderbar. Aber in Gedanken sind beide immer noch bei Nuschki.

»Gibt Problem?«, fragt Dziadek. »Habt ihr angefressen irgendwas?«

Finn und Jola schütteln wieder nur die Köpfe.

Nein, sie haben nichts ausgefressen, denkt Finn. Ganz im Gegenteil. Die, die was ausgefressen haben, sind Bosse und Lasse. Und Finn wünscht sich nichts mehr, als dass jemand sie dafür bestraft. Aber wer soll das tun? Sollen sie etwa zur Polizei gehen? Dann müssten sie alles erzählen. Und wenn Babcia und Dziadek erfahren würden, was passiert ist, würden die sich nur Sorgen machen. Und bestimmt würden dann auch Jolas Eltern und Mama und Papa davon erfahren. Und die würden sich dann noch viel größere Sorgen machen. Das weiß Finn genau. Es gibt einfach Sachen, die kann man nur machen, wenn die Erwachsenen nichts davon wissen.

Die denken sonst nämlich sofort, sie müssten sich kümmern und aufpassen und einen schützen, vor allem, was passieren kann ...

10.

Hohenwutzen

Am nächsten Morgen schaut Finn nach dem Aufwachen als Erstes auf sein Handy. Antek hat versprochen, dass er eine Nachricht schickt, falls Nuschki über Nacht zurückkommt. Aber leider ist da keine Nachricht von Antek.

Dafür drei andere. Eine von Mama. »Alles gut bei euch? Schreib doch mal und schick ein paar Fotos. KKK, Mama-Mutter-Svenja. PS: KKK heißt Kiloweise Knuddelküsse, ich habs lieber abgekürzt, damit es nicht so peinlich ist.«

Finn liest die nächste Nachricht. Sie ist von Papa: »Alles prima in Zedina? Hier alles knorke. Haben die Bärlauchtofubuletten geschmeckt?«

Die letzte Nachricht ist von Carlo. Ein Strandfoto aus Kroatien: »Hi, Digga, wie läufts bei dir? Wir chillen hier am Strand. Hab gestern eine riesige Sandburg gebaut. Aber jemand hat sie kaputt gemacht. Bestimmt die blöden Nachbarn. Die schmeißen auch ihre Zigarettenkippen einfach so an den Strand, echt ätzend.«

Finn antwortet schnell auf die Nachrichten. Er macht ein Foto mit dem Blick aus dem Fenster und schickt es mit.

Hinter ihm streckt und reckt sich Jola im Bett. »Schon wach?«

»Chon lang.« Finn fummelt schnell die Spange heraus. »Es ist schon nach zehn.«

Jola gähnt. »Das liebe ich an den Ferien. Dass man ohne Ende ausschlafen kann.« Ihr Blick fällt auf das Handy in Finns Hand, sie richtet sich schnell auf. »Was Neues von Nuschki?«

Finn schüttelt den Kopf.

Jola seufzt.

»Vielleicht sollten wir noch mal nach ihm suchen?«, sagt Finn.

Jola nickt. »Nur wo? – Vielleicht ist er auch auf die andere Seite der Oder geschwommen. Dann ist er jetzt in Deutschland.«

Finn überlegt. Kann ein Hund alleine über die Grenze gehen? Würde Nuschki den Weg zur Brücke finden? Würde ihm jemand in Deutschland helfen? Vielleicht hat ihn auch jemand gefunden und ins Tierheim gebracht.

»Wir könnten Zettel aufhängen«, sagt Finn. »›Dreibeiniger Hund vermisst‹.«

»Gute Idee!«, sagt Jola.

Nach dem Frühstück macht Jola den Tisch frei und holt Papier und Buntstifte. Gemeinsam schreiben sie und Finn mehrere Steckbriefe auf Deutsch und Polnisch mit Jolas Handynummer darunter. Finn, der eine Zeichnung von Nuschki gemacht hat, paust sie auf alle Zettel durch.

»Voll gut«, sagt Jola bewundernd. »Er ist perfekt getroffen.«

Sie nimmt den Stapel und holt eine Rolle Klebeband. Dann ziehen sie und Finn los und hängen die Zettel im Dorf auf. Sie kleben sie an Laternenmasten. Einer kommt an die Tür vom Rathaus, ein anderer an die Info-Tafel gegenüber der Post. Manche Erwachsene gucken neugierig. Ein alter Mann fragt, was Finn und Jola da machen. Jola erklärt es ihm auf Polnisch und fragt, ob er Nuschki gesehen hat. Der alte Mann schüttelt bedauernd den Kopf.

Als sie zurückkommen, laden Babcia und Dziadek gerade ihre Einkäufe aus dem Auto. Sie waren im Supermarkt. Babcia ist ganz aus dem Häuschen. Malwina hat am Morgen angerufen und angekündigt, dass sie und ihr neuer Freund Ulf am nächsten Tag zu Besuch kommen.

»Oh, nein«, stöhnt Jola.

Malwina ist Jolas ältere Schwester. Sie arbeitet als Altenpflegerin in Berlin. Das weiß Finn schon, aber von Ulf hat er noch nie etwas gehört.

»Ulf ist voll der Angeber«, sagt Jola.

»Ist richtiger Doktor!«, korrigiert Babcia sie.

Jola rollt die Augen. Ulf heißt mit vollem Namen Ulfried von Zitschewitz und ist Student. »Er will Zahnarzt werden«, erklärt Jola. »Wie sein Vater. Der ist auch Zahnarzt und voll reich. Deswegen hat Ulf auch ein Cabrio.«

Babcia flattert aufgeregt durch die Küche. »Ich noch muss putzen und kochen und machen alles schön für Besuch.«

Dziadek nickt und sagt, dass er und Babcia nachher nach Osinów Dolny fahren werden. Babcia will Stoff für neue Gardinen kaufen.

»Au ja«, sagt Jola. »Da kommen wir mit!«

Finn schaut sie fragend an.

»Da ist der Polenmarkt Hohenwutzen, an dem wir vorbeigefahren sind.«

Finn freut sich. Da kann er bestimmt auch gute Mitbringsel für Mama, Papa und Carlo kaufen.

Kurz darauf tuckern sie im Kombi von Jolas Großeltern über die Landstraße nach Hohenwutzen. Dziadek steuert. Babcia auf dem Beifahrersitz hält sich am Haltegriff über dem Fenster fest.

Sie parken auf dem sandigen Platz vor den halb verfallenen Gebäuden.

»Früher das war große Papierfabrik«, erklärt Dziadek. »Aber nach Krieg war kaputt. Und jetzt ist Markt.«

Finn bestaunt die Gerippe aus Stahl und Beton, zwischen denen die Marktstände stehen. Man könnte fast denken, es ist eine Westernstadt, nur ohne Cowboys und Indianer. Und mit ganz vielen Sachen, die es zu kaufen gibt: Zigaretten, Fleisch, Wurst, Gemüse, Obst, Töpfe und Pfannen, Klamotten, Werkzeug, Sachen für den Garten und noch viel mehr.

»In einer Stunde wir wieder treffen hier am Auto, ja?«, sagt Dziadek.

Finn und Jola nicken.

Sie ziehen los. Damit man sich zurechtfindet, haben die Wege zwischen den Ständen eigene Straßennamen: Sie heißen Ku'damm oder Chopin-Allee, obwohl es gar keine richtigen Straßen sind. Ein Stand reiht sich an den anderen. Die Verkäufer preisen ihre Waren an.

»Bitte schön, Damen, bitte: zehn Doppeldotter-Eier für nur drei Euro.«

»Doppeldotter?«, fragt Finn.

Jola macht einen Hüpfer. »Die sind mit zwei Eigelb drin.«

Sie zieht Finn weiter zu einem Stand mit Regalen voller Flakons in allen Farben und Formen. Es sind Parfüms. Auf den Packungen stehen Markennamen *Chatier*, *Lara* und *Jurp!*. Jola sprüht sich etwas *Fenzi* auf den Arm und hält ihn Finn hin: »Riech mal!«

Finn zieht die Nase kraus. »Riecht wie Gummibärchen mit Mäusespeck ...«

Jola zeigt auf die Wand hinter den Regalen. »Jetzt brauchen wir nur noch die passenden Schlüppis«, sagt sie kichernd.

Auf Bügeln hängt rote und schwarze Unterwäsche mit lauter Spitzen, Bordüren und Riemen daran. Jola schnappt sich ein Teil mit rosa Rüschen, hält es sich hin und wackelt mit den Hüften. »Sexy, sexy, oh, là, là ... Die würden Onkel Wojciech bestimmt auch gefallen.«

Finn kichert. Und ein bisschen peinlich ist es ihm auch. Die Verkäuferin guckt streng zu ihnen rüber. »Das ist nichts für euch.«

Sie kommt und nimmt Jola das Kleidungsstück weg.

»Warum nicht?«, fragt Jola.

»Weil das eben so ist«, sagt die Verkäuferin.

»Wir wissen aber schon, was Sex ist«, sagt Jola zur Verkäuferin. »Das ist die natürlichste Sache der Welt. Das hatten wir schon in der Schule.«

Die Verkäuferin schiebt Jola und Finn aus dem Gang. »Ihr seid noch zu klein für so etwas. Kauft euch lieber ein paar Süßigkeiten.«

Lachend laufen Finn und Jola weiter. An einem Stand mit Krimskrams bleiben sie stehen. Jola entdeckt eine Handy-Hülle mit Zebramuster. »Genau so eine wollte ich immer haben«, sagt sie. »Ich liebe Zebras!«

»Ich kauf sie dir«, sagt Finn und fühlt sich dabei auf einmal richtig ein bisschen erwachsen.

»Echt?« Jola freut sich. »Ich will dir auch was kaufen.«

Sie lässt ihren Blick über die Auslage schweifen.

»Das hier!« Sie nimmt ein silbriges Feuerzeug, auf dem in weiß-roten Farben *Polska* steht. »Zur Erinnerung. An unsere erste gemeinsame Reise in ein anderes Land.«

Finn lässt das Feuerzeug aufschnappen und beim Anblick der Flamme wird ihm ganz warm ums Herz. »Wow.«

Der Verkäufer nimmt das Geld und hebt grinsend den Finger: »Aber nicht rauchen, Kinder.«

Finn überlegt, ob er Jola zum Dank kurz umarmen soll, aber die hat schon die nächste Attraktion gesichtet. »Pass auf. Jetzt zeig ich dir einen echten Vampir.«

Sie bleibt vor einer Verkaufsfläche stehen. Dort gibt es Tier- und Menschenfiguren in allen Gestalten: vom giftgrünen Alien bis zum todesbleichen Grafen Dracula mit Blut an den Fangzähnen. Dazwischen stehen kugelbäuchige Frösche, röhrende Hirsche, eine Marienstatue und eine Armada von Gartenzwergen in allen Größen. Jola stellt sich neben einen, der ihr fast bis zur Schulter reicht, und krault ihm den Plastikbart. »Wen von denen würdest du dir am liebsten in den Garten stellen?«, fragt sie.

Aber Finn ist abgelenkt. Neben dem Stand steht ein rotgesichtiger Mann mit einem Pappkarton. Darin kugeln vier kleine Fellknäuel durcheinander. Der Mann hat Finns Blick bemerkt. Er holt eins heraus und hält es Finn hin.

»Bitte schön, Junge, schöne Hundewelpen!«

Das Knäuel leckt Finn mit seiner kleinen Zunge über die Hand. Jola, die neben Finn getreten ist, streichelt über das weiche Fell. »Ist der süß!«

»Kostet nur 50 Euro«, sagt der Mann.

Jola schaut Finn an. Beide haben den gleichen Gedanken.

»20 Euro«, sagt Jola.

»40«, sagt das Rotgesicht. »Weil du so eine nette junge Dame bist.«

Jola schüttelt den Kopf und wechselt ins Polnische. Eine Weile geht das Gespräch zwischen ihr und dem Mann hin und her. Dessen Gesicht wird immer röter. Aber schließlich nickt er seufzend. Jola grinst Finn an und zückt den 20-Euro-Schein. »Er gibt ihn uns für 20.«

Aber Finn ist zögerlich geworden. »Ich weiß nicht ...«

Er denkt an die Steckbriefe, die sie aufgehängt haben.

»Antek wird platzen vor Freude!« Jola nimmt den kleinen Hund und reicht dem Rotgesicht den Schein. Finn schaut den Welpen an, der seine Schnauze in Jolas Armbeuge bohrt. Er ist wirklich unglaublich süß. Aber ...

»Aber ... wir können Nuschki doch nicht einfach so ersetzen.«

Jola versteht nicht. »Wieso?«

Finn schluckt. »Es ist, als würden wir aufgeben. Und nicht mehr daran glauben, dass er wiederkommt.«

Jola nickt langsam und versteht. »Stimmt.«

Sie nimmt den Welpen und setzt ihn schweren Herzens zurück zu seinen Geschwistern in den Karton. »Sorry, aber wir können ihn doch nicht kaufen.«

Die Gesichtsfarbe des Rotgesichtigen wechselt von Feuer- zu Dunkelrot. Dazu schimpft er laut auf Polnisch. Erst handelt Jola ihn runter und jetzt will sie nicht mehr kaufen?! Wütend gibt er ihr die 20 Euro zurück und hört auch dann nicht auf zu schimpfen, als Finn und Jola schon etliche Meter weitergegangen sind.

Die ausgelassene Stimmung ist verflogen. Schweigend gehen sie durch die Menge. Beide denken an Nuschki und Antek. Und als sei das nicht genug, sehen sie plötzlich Bosse und Lasse. Sie kommen ihnen direkt entgegen, bepackt mit vier großen eckigen Tragetaschen aus bunt kariertem Kunststoffgewebe.

»Die haben uns gerade noch gefehlt«, sagt Finn.

Lasse stellt seine Taschen ab und schaut Jola finster an. »Du kriegst noch in die Fresse, das weißt du schon.«

»Probiers doch«, sagt Jola, hebt die Fäuste und tänzelt wie ein Boxer auf der Stelle.

Lasse ballt die Faust. Bosse schüttelt den Kopf. »Lass.« Er signalisiert seinem Bruder weiterzugehen. »Um die kümmern wir uns später.«

»Ey, die hat uns ins Essen gerotzt«, sagt Lasse.

Bosse geht weiter. Schnaubend nimmt Lasse die Taschen auf und folgt ihm.

Jola läuft den Brüdern hinterher. Finn will sie bremsen, aber Jola lässt nicht locker.

»Was habt ihr denn da in den Taschen?«

»Schnauze«, sagt Lasse und schaut sich dabei leicht nervös um.

»Wohl was super Geheimes«, stichelt Jola weiter. »Lauter Sex-Unterhosen, oder was?« Jola stellt sich den beiden Brüdern in den Weg.

»Verpiss dich einfach endlich«, sagt Bosse und geht an Jola vorbei. Lasse folgt ihm und rempelt Jola dabei mit der Schulter an.

»Wir kriegen dich schon noch ...«, zischt er böse.

»Dann kriegt mich doch!« Jola läuft unerschrocken neben den Brüdern her. »Wisst ihr, was ihr seid? Ihr seid Banausen! Banausen aus Arschlochhausen!«

Lasse ist anzusehen, wie gerne er ihr eine knallen würde. Aber durch die Taschen sind ihm die Hände gebunden.

Jola schaut den davonziehenden Brüdern zufrieden nach. Finn ist sich nicht sicher, ob die Aktion klug war.

Jola dreht sich zu ihm um. »Was sind eigentlich Banausen?«

»Hmmm«, sagt Finn, »weiß auch nicht so genau. Irgendwelche Leute ... ich dachte, du weißt es.«

»Ich habs mal irgendwo gehört«, sagt Jola achselzuckend, »und es reimt sich so gut.«

Als Jola und Finn auf den Parkplatz zurückkommen, ist es kurz vor drei Uhr. Babcia und Dziadek warten schon im Auto. Babcia hat eine prall gefüllte Tüte mit Stoffen auf dem Schoß.

Als sie am Ortsausgang auf die Landstraße nach Cedynia fahren, sehen Finn und Jola vor ihnen zwei bepackte Gestalten am Straßenrand entlanglaufen.

»Die kennen wir doch«, sagt Jola.

Es sind Bosse und Lasse, die ihre Tragetaschen durch die Mittagshitze schleppen. Sie schwitzen. Die Haare kleben ihnen im Gesicht. Ihre T-Shirts sind nass.

»Sind Freunde?«, fragt Dziadek. »Sollen wir mitnehmen?«

»Auf gar keinen Fall!«, ruft Jola.

Dziadek fährt an den beiden vorbei. Finn und Jola drehen sich um. Durchs Heckfenster sehen sie, wie Bosse und Lasse von der Straße abbiegen und Richtung Oder weiterlaufen.

»Wo wollen die hin?«, fragt Finn.

»Das frag ich mich auch«, sagt Jola. »Mit dem ganzen Gepäck.«

»Schaut mal, Kinder.« Babcia hält vorne einen der Stoffe hoch, den sie gekauft hat. »So schöne Spitzengardine!«

11.

Der wilde Gruby

Die neuen Gardinen hängen. Babcia hat sich voll ins Zeug gelegt. Sie hat ein richtiges Drei-Gänge-Menü gekocht. Rote-Beete-Suppe als Vorspeise, Kotelett mit Kartoffeln und Gurkensalat als Hauptspeise und zum Nachtisch Himbeertörtchen.

Finn und Jola decken den Tisch.

»Wo nur bleibt Tomasz?«, fragt Babcia und schaut kopfschüttelnd auf die Uhr. »Er längst sollte sein da.«

Da ertönt draußen ein Hupen. Es kommt aber nicht von Dziadek, sondern von einem Sportwagen, der durch die Einfahrt rollt.

»Oh, Gott, da schon sie sind!«, ruft Babcia aufgeregt.

Finn und Jola laufen auf den Hof. Der Sportwagen ist feuerrot mit verchromten Felgen, die in der Sonne funkeln. Auf den beigen Ledersitzen thronen Malwina und Ulfried. Wie ein Student sieht Ulfried nicht aus. Er hat schulterlange zurückgekämmte Haare und trägt ein blau-weiß gestreiftes

Hemd mit einem aufgestickten Monogramm an der Brusttasche. Die beiden steigen aus und Ulfried lässt das Verdeck des Cabrios hochfahren, obwohl kein Wölkchen am Himmel steht.

»Er hat immer Angst, dass ihm jemand die Karre klaut«, sagt Jola leise zu Finn. »Kaum in Polen, schon gestohlen, du weißt schon …«

»Meine kleine Kröte«, ruft Malwina und umarmt Jola, die schief grinst. Malwina lächelt Finn an. »Und du bist bestimmt Finn.«

Finn nickt und lächelt zurück. Jola hat immer gesagt, dass Malwina so etepetete ist. Mit Schminken, Mode und so. Und Malwina sieht auch wirklich ein bisschen so aus. Sie trägt Hackenschuhe, lange lachsfarben lackierte Fingernägel und eine Sonnenbrille im Haar. So wie die Promis aus dem »Käseblatt«, das Mama manchmal für ihre Zugfahrten kauft, damit es nicht so langweilig ist. Im »Käseblatt« sind immer ganz viele Fotos, die zeigen, was die Promis gerade so machen. Meistens sind sie am Strand oder auf irgendwelchen Partys. Und daneben steht, welche Promis sich gerade wieder verliebt haben oder geschieden wurden. Malwina und Ulfried würden da auch prima reinpassen – bei den frisch Verliebten.

Als sie im Wohnzimmer am gedeckten Tisch sitzen und essen, erzählt Malwina, wie toll alles mit Ulfried ist. »Ulf hat sein Physikum mit der Note sehr gut bestanden.« – »Ulf hat so geschickte Hände.« – »Ulfs Cabrio fährt nur mit Strom.« – »Ulfs Papa hat uns in sein Sommerhaus auf Usedom eingeladen.«

Umgekehrt liest Ulf Malwina jeden Wunsch von den Augen ab. Er trägt ihre Handtasche, massiert ihr die Schultern und lockert die Riemchen ihrer Hackenschuhe, wenn Malwina sagt, dass sie drücken.

Babcia ist sehr stolz auf ihre Enkelin und deren Zahnarzt-Freund. Sie achtet ständig darauf, dass Ulf auch genug zu essen bekommt, und legt ihm jetzt noch ein Himbeertörtchen auf den Teller. »Zucker gut ist für Nerven. Und Zahnarzt braucht gute Nerven!«

Ulf spitzt den Mund. »Aus medizinischer Sicht ist Zucker eher schlecht für die Zähne.«

Malwina lacht. »Aber gut fürs Geschäft. Stell dir vor, alle hätten so schöne Zähne wie ich. Dann wärst du arbeitslos.«

Sie küsst Ulf. So richtig mit Zunge und Himbeertörtchenkrümelspucke.

Jola stößt Finn unter dem Tisch an und verzieht das Gesicht. »Mann, ist das eklig ...«, flüstert sie ihm zu.

Ulf leckt sich die Lippen und nimmt Malwinas Hand. »Das scheint bei euch in der Familie zu liegen. Dein Schwesterchen hat auch eine tadellose Zahnstellung. Das ist mir gleich aufgefallen.«

Jola zieht eine Grimasse und macht mit den Lippen ein Furzgeräusch. Babcia wirft ihr einen tadelnden Blick zu.

Ulf wendet sich zu Finn. »Hier dagegen haben wir einen kleinen Überbiss. Du hast bestimmt schon eine Spange?«

Finn spürt, wie seine Ohren rot werden.

»In Regenbogenfarben«, sagt Jola.

Ulf nickt zufrieden und beugt sich noch weiter vor, um seine Diagnose zu präzisieren. »Minimaler Overjet. Das lässt sich leicht korrigieren.«

Malwina lacht und küsst Ulf auf die Wange. »Ulf ist ständig im Dienst. Deswegen hat er auch sein Arztköfferchen immer im Auto. Stimmts, Herr Doktor?«

Ulf nickt stolz. »Ich zeigs euch gleich. Und wenn ihr wollt, können wir sogar einen Zahnabdruck machen. Ich hab noch etwas Abformmasse übrig. Und ich such immer nach Testpatienten!«

Babcia nickt: »Übung macht Meister.«

Jola zuckt mit den Achseln. »Mal sehen ...« Finn ist jetzt auch nicht soooo erpicht darauf.

Malwina schaut auf das unberührte sechste Gedeck auf dem Tisch und runzelt die Stirn. »Wo bleibt Dziadek eigentlich die ganze Zeit?«

Babcia schüttelt den Kopf. »Ich nicht weiß. Immer er zu spät.«

Als hätte er es gehört, geht die Tür auf und Dziadek platzt

herein. Nicht mal die Gummistiefel hat er ausgezogen, so aufgeregt ist er.

»Wilde Gruby ist wieder abgebüxt! Hat Gatter durchbrochen. Sieben Mann nicht ihn fassen.«

»Ach, dieses unmögliche Tier«, sagt Babcia kopfschüttelnd. »Du nicht erst mal willst begrüßen Besuch?!«

»Hallo, Malwina, hallo, Ulf«, sagt Dziadek hastig und redet ohne Punkt und Komma weiter: »Wir müssen helfen Bauer Makowski. Gruby ist Richtung Orzechów. Wir umkreisen. Ich nehme Auto. Könnt ihr fahren Belarus?«

Was für eine Frage?! – Jola und Finn schauen sich begeistert an.

»Na, klar!«, jauchzen beide.

Der Diesel-Motor rattert. Der Auspuff spuckt eine schwarze Rußfahne in die Luft. Dziadeks alter Belarus tuckert über die Landstraße. Finn und Jola sitzen nebeneinander auf der Sitzbank, genau so wie letztes Jahr, als sie durch Brandenburg gefahren sind. Während Jola lenkt und kuppelt, schaltet Finn die Gänge.

Am Ortsausgang oben bei den bunten Häusern kommt Antek angerannt. »Wo fahrt ihr hin?«, ruft er und rennt neben dem Traktor her.

»Wir fangen den wilden Gruby wieder ein«, schreit Jola, um den rasselnden Motor zu übertönen.

»Kann ich mitkommen?«

Jola wirft Finn einen kurzen Blick zu. Finn nickt. Jola geht vom Gas. Finn streckt den Arm aus, um Antek hochzuhelfen. Glücklich quetscht Antek sich neben ihm auf die Sitzbank.

Hinter ihnen hupt es laut. Es sind Malwina und Ulf im Cabrio. Malwina steuert. Sie hat die Sonnenbrille auf und winkt lässig. Mit einem leisen Surren zischt der feuerrote Wagen an ihnen vorbei.

»Wow, cooler Schlitten«, sagt Antek staunend. »Und so flüsterleise. Er macht gar kein Geräusch.«

»Das ist ja auch ein Elektroauto«, sagt Jola.

Sie tuckern die Anhöhe am Ortsausgang hoch und fahren dann weiter Richtung Orzechów. Jetzt lenkt Finn und Jola übernimmt die Gangschaltung. Links und rechts säumen kleine Alleebäume die Straße. Dahinter erstrecken sich Wiesen und Weizenfelder. Als sie um die nächste Kurve fahren, sehen Finn und Jola das Cabrio, das in hundert Meter Entfernung vor ihnen am Straßenrand steht.

»Was machen die denn da?«, fragt Antek.

Malwina und Ulf sind ausgestiegen und gestikulieren hektisch in ihre Richtung.

»Denen ist wohl der Strom ausgegangen«, sagt Jola.

Aber jetzt erkennt Finn, weswegen die beiden so aufgeregt winken.

»Da!« Er deutet auf die Wiese neben der Straße.

»Gruby!«, ruft Jola.

Auf der Grasfläche steht allein auf weiter Flur ein kleiner Bulle und weidet in aller Seelenruhe. Finn bremst. Jola macht schnell den Motor aus.

»Das ist er. Eindeutig«, sagt sie, »mit dem weißen Fleck auf der Stirn.«

Finn schaut das Tier an.

»Der ist ja wirklich noch jung. Ich hab ihn mir viel größer vorgestellt.«

Vor ihnen fangen Malwina und Ulf wieder an zu winken. Diesmal in die andere Richtung. Aus der nähert sich nun nämlich Dziadeks Kombi. Gruby hebt den Kopf und spitzt die Ohren. Aber Dziadek hat Malwinas Winken ebenfalls gesehen und hält an. Er steigt aus.

»Los!«, sagt Jola und klettert vom Traktor.

Finn schaut zu Gruby, der keinerlei Notiz von den Vorgängen um sich herum zu nehmen scheint und wieder zu grasen begonnen hat. Langsam, um den Bullen nicht aufzuschrecken, bewegen sich Finn, Jola und Antek Richtung Cabrio.

»Ulf und ich haben ihn gleich gesehen«, wispert Malwina, als sie den Wagen erreichen.

Dziadek, der auch schon da ist, hat eine lange Stange mit einem Haken in der Hand. »Wenn ihr abschneidet Weg, ich schnappe Nasenring.«

Ulf nickt und stellt sich schützend vor sein Cabrio. »Malwina und ich bleiben hier und sichern die Straße.«

Dziadek schaut Finn, Jola und Antek an. »Dann ihr müsst kommen von hinten. Ihr euch traut?«

»Klar trauen wir uns das«, sagt Jola. Finn ist sich da nicht ganz so sicher. Er schaut zu Gruby, der immer noch friedlich grast.

Dziadek gibt ihnen ein zusammengerolltes weißes Band. »Wenn Gruby läuft zu euch, ihr zurück hinter Zaun. Ruhig! Nie rennen. Und immer anschauen.«

Finn, Jola und Antek nicken. Sie machen einen großen Bogen, laufen hinter Grubys Rücken auf die Wiese und spannen das weiße Band wie eine Wäscheleine zwischen ihnen.

»Das sieht für Gruby so aus wie ein Elektrozaun«, erklärt Jola. »Davor hat er Angst.«

Gruby hat den Kopf gehoben und schaut aus den Augenwinkeln zu den drei Gestalten, die sich ihm nähern. Sein Blick bleibt an dem weißen Band hängen. Er scharrt kurz unwillig mit den Hufen und setzt sich in Bewegung. Mit trägen Schritten schreitet er über die Wiese – um gleich wieder stehen zu bleiben. Denn von vorne kommt nun Dziadek mit der Führstange in der Hand langsam auf ihn zu. Gruby fixiert Dziadek und senkt den Kopf. Seine Ohren zucken nervös hin und her.

»Ruhig, Gruby, ganz ruhig ...«, sagt Dziadek sanft und geht

langsam weiter auf den Bullen zu. Er nähert sich ihm Schritt für Schritt. Es sind nur noch wenige Meter. Dziadek hält die Führstange mit dem Haken bereit. Finn, der mit Jola und Antek nachgerückt ist, klopft das Herz. Schnaubend macht Gruby einen Schritt zur Seite und schaut sich um. Hinter ihm sind Finn, Jola und Antek mit dem Band stehen geblieben. Finn kann den weißen Fleck auf der Stirn des Bullen sehen. Die Muskeln an seinem kräftigen Nacken. In Grubys Augen blitzt es. Finn spürt, wie seine Hände um das Band feucht werden. Er schluckt. Hoffentlich weiß Dziadek, was er tut. Dziadek macht einen weiteren Schritt auf Gruby zu.

»Komm, mein Kleiner, komm«, sagt er.

Gruby steht da, den Kopf gesenkt und schaut unschlüssig auf die ganzen Zweibeiner um ihn herum. Finn fragt sich, was in dem Bullenschädel wohl vorgeht.

Gruby scharrt wieder unruhig mit den Vorderbeinen und schnaubt dazu leise. Dziadek hebt langsam die Führstange, um mit dem Haken den Nasenring zu angeln. Er hat ihn fast, es fehlen nur noch Zentimeter – da reißt Gruby den Kopf hoch, macht einen Satz zur Seite und läuft los. Seine Hufe donnern über die Wiese. Staub wirbelt auf. Gruby galoppiert Richtung Straße, wo Malwina und Ulf vor dem Cabrio stehen. Ulf reißt die Arme hoch und winkt wie so ein Flughafenmitarbeiter auf dem Rollfeld, wenn ein Jumbo auf ihn zurollt.

»Nicht hierher! Nicht hierher!«, schreit er.

Aber Gruby ist voll auf Kurs und rast weiter ungebremst auf Ulf und Malwina zu. Die kriegen es mit der Angst zu tun und rennen um das Cabrio, um sich dahinter zu verschanzen.

»Hau ab, du Vieh!« Ulfs Stimme klingt jetzt ganz schrill.

»Ruhig bleiben«, ruft Dziadek über das Feld.

Aber das ganze Brüllen und Schreien scheint Gruby nur noch rasender zu machen. Mit gesenktem Kopf stürmt er weiter – und plötzlich versteht Finn: Na klar, es ist, als wären sie beim Stierkampf, mit Ulf und Malwina als Toreros. Deren Gefuchtel und Gewinke – für Gruby ist das wie ein rotes Tuch! Der Bulle ist nur noch wenige Meter von dem Wagen entfernt. Malwina und Ulf spritzen auseinander, rennen links und rechts hinter dem Auto weg. Aber Gruby hat schon zum Sprung angesetzt, seine Vorderfüße heben ab und er steigt in die Luft. Dziadek, Finn, Jola und Antek, die hinterhergerannt sind, bleiben stehen und halten den Atem an. Malwina wirft sich zu Boden und hält die Hände über den Kopf. Ulf klappt der Kiefer runter. Sein Mund steht offen. Gruby saust mit seinen 400 Kilogramm Lebendgewicht durch die Luft wie eine Kanonenkugel und landet – KAWUMM! – auf der Motorhaube des Cabrios. Das Blech knirscht und jault unter seinen Hufen, die scharrend Halt suchen.

Ulf fallen fast die Augen aus dem Kopf. »Mein Auto!«, schreit er entsetzt.

Woraufhin Gruby noch einen Satz macht und über die Windschutzscheibe auf die Sitze springt. Völlig verdutzt steht er nun mitten in dem Auto – Vorderbeine auf dem Rücksitz, Hinterbeine auf dem Fahrersitz – und glotzt wie ein verirrtes Kälbchen. Dziadek zögert nicht. Er nutzt den Moment, prescht vor und hakt – KLACK – blitzschnell die Führstange in den Nasenring ein.

»Brav, Gruby ...«

Finn und Jola schauen sich an. Sie wissen nicht, ob sie aufatmen oder loslachen sollen. Das Bild, wie Gruby im Auto steht, ist wirklich zu komisch.

Dziadek zieht Grubys Kopf sanft am Nasenring hoch, um ihm zu verstehen zu geben, dass er sich drehen soll. Malwina und Ulf bringen immer noch kein Wort heraus. Aus der Ferne ertönt Motorengeräusch. Auf der Landstraße kommt nun auch Bauer Makowski mit einem Viehwagen angefahren.

Mit seiner freien Hand öffnet Dziadek die Fahrertür des Cabrios und dirigiert Gruby an der Stange in die richtige Richtung. Der steigt brav über die Sitze hinweg nach draußen. Als er wieder festen Boden unter den Füßen hat, schnaubt er unwillig und versucht, das lästige Ziehen an seiner Nase mit einer Kopfbewegung abzuschütteln. Aber Dziadek führt ihn bestimmt weiter, achtet dabei immer darauf, dass Grubys Kopf schön oben bleibt, damit er gar nicht erst wieder in Kampfposition gehen kann.

Bauer Makowski hat seinen Viehwagen schon hinter dem Cabrio geparkt und klappt schnell die Rampe herunter. Finn tut Gruby fast ein bisschen leid, als er so bezwungen und in seiner ganzen Kraft gebändigt an ihnen vorbeitrottet. Jola tätschelt dem Bullen mitfühlend den Hals.

»Armer Gruby. Du wolltest einfach auch mal Cabrio fahren, stimmts?«

Antek kichert. Und nun prustet auch Malwina los. Finn und Jola ebenso. Die Anspannung fällt schlagartig von ihnen ab. Sie kriegen sich gar nicht mehr ein vor lauter Lachen.

»Das war einfach zum Brüllen«, schreit Malwina.

»Eher zum Muhen«, sagt Finn.

»Muhuhuhuhuuuu!« Jola hält sich den Bauch.

Antek klemmt die Beine zusammen, um vor lauter Lachen nicht in die Hose zu machen.

Nur Ulf kann das alles gar nicht witzig finden. Mit todernster Miene läuft er um sein Cabrio herum und inspiziert die Schäden. Wo Grubys Hufe das Blech getroffen haben, ist es zerkratzt und verbeult. Die Motorhaube sieht aus, als hätte ein wildgewordener Riese Schlagzeug darauf gespielt. Die Windschutzscheibe ist zersplittert. Einer der Seitenspiegel baumelt lose. Und zu allem Überfluss hat Gruby auf dem Fahrersitz vor lauter Aufregung einen dampfenden Fladen hinterlassen.

»Scheiße!«, schreit Ulf entsetzt und versucht das Malheur

mit einem Papiertaschentuch zu beseitigen. Aber das Taschentuch ist viel zu klein für Grubys großes Geschäft. Malwina, die immer noch lacht, schiebt Ulf energisch zur Seite.

»Lass mich mal«, sagt sie und schaufelt den Fladen kurzerhand vom Sitz.

»Igitt«, ruft Ulf. »Du kannst das doch nicht anfassen!?«

»Ist nur 'n Kuhfladen«, sagt Malwina. »Verdautes Gras.«

Sie wischt ihre manikürten Hände an dem Taschentuch ab. »Aus dem Altenheim bin ich da ganz andere Sachen gewohnt. Im Vergleich zu 'ner vollgekackten Windel riecht das hier nach Veilchen.«

Finn findet Malwina echt cool. Und auch Jola schaut ihre Schwester bewundernd an.

Dziadek und Bauer Makowski haben Gruby in den Viehwagen verfrachtet. Bauer Makowski klappt die Rampe hoch und bedankt sich überschwänglich bei allen. Ohne die Hilfe hätte er seinen kleinen Ausreißer so schnell nicht wieder eingefangen.

Dann fahren sie wieder zurück. Dziadek mit dem Kombi. Malwina und der äußerst schlecht gelaunte Ulf mit dem demolierten Cabrio. Finn, Jola und Antek mit dem Belarus. Sie tuckern langsam über die Landstraße.

»Ich vermisse Nuschki«, sagt Antek traurig. »Meint ihr, er kommt wirklich zurück?«

»Wir haben überall Steckbriefe aufgehängt«, sagt Finn.

Antek bohrt nachdenklich in der Nase. »Vielleicht will Nuschki auch einfach mal ein bisschen frei sein. So wie Gruby.« Er zieht den Finger aus seinem Nasenloch. »Oder er ist doch ertrunken.«

»Nee«, sagt Jola.

»Kommt Nuschki dann in den Hundehimmel?«

Finn spürt wieder den dicken Kloß im Hals und schluckt ihn schnell runter. »Alle Hunde kommen in den Hundehimmel.«

Antek lächelt. »Vielleicht kann ich ihn dann ja mal besuchen.«

»Später, wenn du selbst mal tot bist.«

»Aber ich will nicht tot sein«, sagt Antek.

»Ich sag ja *später*«, sagt Jola. »Also vielleicht in hundert Jahren oder so.«

»Hmm«, sagt Antek. »Das ist aber noch lang. Ob Nuschki mich dann überhaupt noch erkennt?«

»Klar«, sagt Jola. Und Finn nickt. Was soll man so einem kleinen Jungen wie Antek sonst auch sagen?

»Und was ist mit dem Willi?«, fragt Antek. »Wann bringt ihr mir den endlich bei?«

Finn und Jola schauen sich an.

»Bald«, sagt Jola.

»Aber nicht erst in hundert Jahren«, sagt Antek.

»Nee …« Jola gibt sich geschlagen. »Spätestens … übermorgen.«

»Versprochen?«

Finn nickt.

Antek strahlt. »Übermorgen! Ihr habt es versprochen!«

12.

Bosse und Lasse auf Abwegen

Am nächsten Tag liegen Finn und Jola in ihrem Zimmer auf dem Bett und lesen die Nachrichten auf ihren Handys. Mama fragt, ob Finn auch daran denkt, nachts die Zahnspange zu tragen. Jaha, denkt Finn, das tut er. Immer muss Mama noch mal alles kontrollieren. Carlo hat Fotos von sich mit einem roten Seestern in der Hand geschickt. Den hat er beim Schnorcheln auf dem Meeresgrund entdeckt. »Ich hab ihn nach dem Fotografieren wieder ins Wasser gesetzt«, schreibt Carlo. »Aber danach hat ihn Familie Zigarettenkippe wieder rausgeholt. Die wollen den mitnehmen und lassen ihn jetzt in der Sonne vertrocknen. So gemein!«

Finn schreibt zurück und erzählt, dass sie einen Bullen eingefangen haben. Lebend.

Jola legt ihr Handy weg. »Weißt du, was ich mich frage …«

Finn sendet die Nachricht ab und schüttelt den Kopf. »Nee …«

»Warum manche Jungs so scheiße sind …«

Finn schaut Jola verunsichert an. »Wie meinst du das?«

»Na, so wie Lasse und Bosse.«

»Mädchen können manchmal auch scheiße sein.« Finn überlegt. »Vielleicht gibt es einfach böse Menschen.«

»Ja, aber warum sind die so?«, fragt Jola.

»Hmmm«, macht Finn. »Weil irgendwas schiefgelaufen ist?«

»Bei der Geburt? Oder in ihrem Leben?«

Finn zuckt die Achseln. »Vielleicht ist es ja auch, weil sie Pubertät haben?«

Jola zieht die Nase kraus. »Ich hoffe, ich krieg die nie …«

»Mama sagt, früher oder später kriegen die alle.« Finn seufzt.

»Ich hab aber keinen Bock auf Pickel und Busen und überall Haare«, sagt Jola. »Stell dir vor, ich würd so 'ne Tussi werden wie Malwina.«

»Ich will auch nicht so werden wie Lasse und Bosse«, sagt Finn.

»Nee.« Jola schüttelt den Kopf. »Wir schwören es uns, ja? Dass wir nie so scheiße werden wie die.«

Finn nickt und hebt die Finger. »Ich schwöre.«

»Ich schwöre auch«, sagt Jola und hebt ebenfalls die Finger. »Und ich wüsste zu gerne, was in den Taschen drin war. Bestimmt irgendwas Verbotenes. So geheimnisvoll, wie die getan haben.«

Finn denkt an das Bild, wie Lasse und Bosse die prall gefüllten Taschen durch die Mittagshitze geschleppt haben. »Wir könnten sie verfolgen und beschatten … wie echte Detektive.«

»Yes! Wie die drei Fragezeichen«, nickt Jola begeistert. »Und wenn wir herausgefunden haben, was das Geheimnis ist, dann haben wir sie in der Hand.«

Der Gedanke gefällt Finn. »Und lassen sie büßen. Für alles Böse, was sie getan haben.«

Am Nachmittag positionieren sich Finn und Jola unauffällig vor dem Hotel Piast, wo die Hardenburgs gerade auf der Terrasse Kaffee trinken. Bosse und Lasse daddeln auf ihren Handys. Frau Hardenburg blättert in einem Reiseführer und zeigt ihrem Mann etwas darin. Herr Hardenburg nickt. Aus der Ferne können Finn und Jola nicht hören, was sie sagen. Aber an den Gesichtsausdrücken von Bosse und Lasse ist deutlich zu erkennen, dass sie null Bock auf das haben, was ihre Eltern wollen. Als Herr und Frau Hardenburg sich ins Hotel zurückziehen, springen die beiden auf und verschwinden hinter dem Gebäude, um kurz darauf mit zwei Rädern wiederaufzutauchen.

»Boah«, staunt Finn. Die Räder sind die allerneusten Modelle. Mit superdicken Geländereifen, Scheibenbremsen und Hydraulik-Federung.

»Die müssen echt Asche haben«, sagt Jola. Sie schwingt sich in den Sattel. »Hinterher!«

Bosse und Lasse fahren ein Stück den Berg hoch und halten vor dem Supermarkt. Finn und Jola bleiben hinter einer Häuserecke stehen und beobachten die beiden. Während Lasse draußen die Räder bewacht, verschwindet Bosse im Laden. Nach ein paar Minuten kommt er mit einer Trage Bier wieder raus. Lasse reißt die Dosen aus dem Karton. Zwei davon kippen er und Bosse sich direkt vor dem Supermarkt rein. Die übrigen verstauen sie in den Flaschenhaltern ihrer Räder. Lasse knautscht die leere Dose zusammen und zielt auf den Mülleimer. Daneben! Scheppernd landet die Dose vor den Füßen einer Frau, die gerade mit Einkaufstüten aus dem Supermarkt kommt. Die Frau schimpft auf Polnisch. Lasse und Bosse grinsen nur und schneiden hinter ihrem Rücken Grimassen.

»Was für Kotzbrocken«, sagt Finn.

Jola nickt. »Megagigantowürgkotzriesenbrocken.«

Bosse und Lasse steigen wieder auf ihre Räder. Finn und Jola folgen ihnen mit einigem Sicherheitsabstand. Die Brüder düsen die Dorfstraße runter Richtung Oder. Am Ortsende biegen sie in einen der Feldwege ein. Auf ihren dicken Reifen brettern sie in hohem Tempo über die Schotterpiste. Finn und Jola haben Mühe hinterherzukommen. Der Abstand vergrößert sich. Als sie die Wegkreuzung am Traktorenfriedhof erreichen, haben sie die Hardenburg-Jungs aus den Augen verloren.

»Mist«, sagt Finn und schaut sich suchend um.

Der Mais steht so hoch, dass er die Sicht verdeckt. Bosse und Lasse können in jede Richtung gefahren sein. »Links, rechts oder geradeaus?«

»Hmmm.« Jola zögert.

Plötzlich vernimmt Finn ein zischendes Geräusch.

»Psst, warte mal«, sagt er und spitzt die Ohren.

Jola schaut ihn fragend an.

Da ertönt das Geräusch erneut. Jola erkennt es nun auch: eine Bierdose, die geöffnet wird!

Finn und Jola legen die Räder ab und gehen ein Stück in die Richtung. Zwischen den Feldern ist ein garagenartiges Häuschen zu erkennen, das im Schatten einer windschiefen Kiefer steht. Finn und Jola pirschen sich vorsichtig näher heran. Die Fensterscheiben sind zerbrochen. Durch die Öffnung dringen die Stimmen von Bosse und Lasse.

»Hau weg, das Zeug.«

»Prost, Alter.«

Finn und Jola haben das Häuschen erreicht und kauern sich unter die Fensteröffnung. Jetzt können sie jedes Wort deutlich verstehen.

»Das Loch ist perfekt dafür«, sagt Bosse.

Lasse lacht keckernd. »Ja, stopf es ihm rein!«

Finn hebt den Kopf vorsichtig über das Fensterbrett und linst ins Innere des Häuschens. Das Erste, was er sieht, sind die Geländeräder, die an der gegenüberliegenden Wand lehnen. Davor ragen die beiden blonden Schöpfe der Brüder in sein Sichtfeld. Finn reckt den Hals noch ein bisschen mehr. Bosse und Lasse hocken am Boden und beugen sich über etwas, das aussieht wie ein reglos daliegender Körper.

»Der ist voll im Arsch«, lacht Lasse und trinkt einen Schluck Bier.

Finn spürt, wie sich ihm die Haare aufstellen. Was machen die Brüder da?! Er nimmt seinen ganzen Mut zusammen und wagt sich noch ein letztes Stückchen weiter vor. Nun kann er erkennen, was zwischen Bosse und Lasse auf dem Boden liegt. Ein Gartenzwerg! Und zwar eins von den extragroßen Exemplaren, die es auf dem Markt zu kaufen gab.

Jola hat ihren Kopf nun auch vorsichtig über die Kante geschoben. Ein weiterer Zwerg liegt neben den karierten Taschen, die Bosse und Lasse geschleppt haben. Bosse greift in eine hinein und holt eine Handvoll bunte Stangen heraus. Silvesterböller und -raketen vom Polenmarkt!

Bosse stopft sie nacheinander in den vor ihm liegenden Zwerg. Sie passen genau durch das Loch in dessen Unterseite.

»Der Knabe ist voll.«

»Warte.« Lasse packt den Zwerg, dreht ihn kopfüber und schüttelt ihn energisch. »Da ist noch Luft drin.«

»Ey, sachte!«, ruft Bosse. »Das Zeug ist hochexplosiv.«

»Alles easy.«

Lasse versenkt noch ein paar Böller in dem Zwerg.

Finn, der die Luft angehalten hat, taucht ab und atmet tief ein. Dabei schießt ihm eine Ladung Staub von dem Fensterbrett in die Nase. Sofort beginnt seine Nase zu jucken. Finn spürt, wie der unwiderstehliche Reiz zu niesen in ihm aufsteigt. Er presst die Hand vor den Mund. Aber zu spät.

»Hapfiiii«, entfährt es ihm leise. Jola, die ebenfalls wieder in Deckung gegangen ist, schaut ihn alarmiert an.

»Was war das?«, erklingt Bosses Stimme.

»Da ist jemand«, sagt Lasse.

Finn und Jola hören Schritte und dann erscheint Lasses Gesicht direkt über ihnen in der Fensteröffnung. Sie pressen sich so flach wie möglich an die Wand.

»Hallo?«, ruft Lasse.

Finn und Jola rühren sich nicht von der Stelle.

»Ist da jemand?«

Lasse bricht eine der Glasscherben aus dem Fenster und wirft sie nach draußen. Sie landet direkt vor Finns Füßen.

»Keiner da. War 'n Kaninchenfurz oder so was.« Lasse wendet sich vom Fenster ab.

»Lass mal hinne machen«, mahnt Bosses ungeduldige Stimme. »Wir haben noch 'ne ganze Tasche.«

Finn und Jola haben genug gesehen und gehört. Sie stehen

leise auf und schleichen zu ihren Rädern zurück. Vorsichtig schieben sie sie ein paar Meter und steigen dann auf. Erst, als sie ein Stück gefahren sind, wagt Finn wieder zu sprechen.

»Puh«, sagt er erleichtert. »Beinahe hätten sie uns erwischt.«

Jola nickt. »Jetzt wissen wir, was die auf dem Markt gekauft haben.«

»Aber warum stopfen die Silvesterböller in Gartenzwerge?«, fragt Finn.

»Na, ist doch klar«, sagt Jola. »Überleg mal!«

Finn schaut Jola weiter fragend an.

»Die wollen die rüberschmuggeln.«

»Nach Deutschland?«, fragt Finn.

Jola nickt wieder. »Timo und die anderen Jungs bei uns ausm Dorf holen auch immer Böller aus Polen. Die haben viel mehr Wumms. Damit kannst du 'n Fahrscheinautomat in die Luft jagen. Deswegen sind die in Deutschland ja auch verboten.«

Finn versteht. »Aber Gartenzwerge nicht. Ahnt ja keiner, dass die voll mit Böllern sind.«

»Wir jetzt schon«, sagt Jola und grinst.

13.

Operation Gartenzwerg

Auf dem Weg zurück ins Dorf sind Finn und Jola sich schnell einig: Sie werden den Hardenburg-Brüdern die Tour vermasseln. Und zwar gründlich. Das haben die beiden mehr als verdient. Als Strafe für alles, was sie ihnen, Antek und Nuschki angetan haben. Den ganzen Nachmittag schmieden Finn und Jola an ihrem Plan. Sie haben keine Zeit zu verlieren. Noch in dieser Nacht muss es passieren. Die »Operation Gartenzwerg«.

Nach dem Abendessen ziehen Finn und Jola sich schnell zurück.

»Wir sind so müde«, flunkert Jola.

Oben in ihrem Zimmer gehen sie und Finn alle Einzelheiten noch mal durch. »Wir gehen um Mitternacht los. Da schlafen Babcia und Dziadek. Taschenlampen und Spanngurte hab ich schon besorgt.«

Finn stellt den Wecker auf seinem Handy auf null Uhr. »Dann können wir jetzt noch ein paar Stunden schlafen.«

Sie legen sich in voller Montur ins Bett. Aber das mit dem Schlafen klappt irgendwie nicht so richtig. Finn wälzt sich unruhig hin und her. Auf Kommando einschlafen geht noch weniger als auf Kommando aufstehen. Draußen ist die Sonne untergegangen. Aber das Nachtblau leuchtet noch hell durchs Fenster. Oben am Himmel glühen einzelne Wolken orangerot. Finns Herz klopft aufgeregt. Jola liegt mit offenen Augen neben ihm.

Finn kommt ein Gedanke. »Und wenn Bosse und Lasse die Zwerge schon mitgenommen haben?«

Jola schüttelt den Kopf. »Die holen die erst aus dem Versteck, wenn sie zurück nach Berlin fahren.«

»Vielleich ist es auch gefährlich, die Zwerge zu transportieren?«

»Nee«, sagt Jola.

»Ich meine, wegen Explosionsgefahr oder so«, sagt Finn.

Jola schüttelt wieder den Kopf. »Warum sollen die explodieren?«

Finn denkt an eine Geschichte. »In Berlin gibt es noch alte Bomben und die können immer noch explodieren. Obwohl sie schon ganz lange in der Erde liegen.«

»Was denn für Bomben?«, fragt Jola erstaunt.

»Von früher, aus dem Zweiten Weltkrieg. Die wurden von Flugzeugen abgeworfen und sind nicht explodiert.«

»Echt?«, fragt Jola.

»Ja«, sagt Finn. »Blindgänger. Letztes Jahr haben sie einen in der Nähe von Carlos Haus gefunden. Auf einer Baustelle. Carlo und seine Eltern und alle Nachbarn mussten ihre Wohnungen verlassen. Sie durften erst zurück, als die Bombe entschärft worden war.«

Jola überlegt. »Aber die Gartenzwerge sind ja keine Bomben. Böller explodieren ja nur, wenn man sie anzündet.«

Finn nickt. Aber hundertprozentig überzeugt ist er nicht.

Als der Wecker klingelt, schreckt er hoch. Es ist dunkel. Neben ihm schläft Jola tief und fest. Finn schaltet den Wecker aus und rüttelt sie sanft an der Schulter. »Jola.«

Jola dreht sich murrend auf die andere Seite.

»Jola«, wiederholt Finn. »Operation Gartenzwerg.«

»Was?!« Jola reißt die Augen auf und blinzelt in die Dunkelheit. »Schon Mitternacht?«

Finn und Jola stehen auf. Jola reicht Finn eine der Taschenlampen und nimmt die Spanngurte, die sie bereitgelegt hat. Sie öffnet die Tür und geht auf Zehenspitzen über den Dachboden. Finn folgt ihr. Leise klettern sie die Leiter hinab. Sprosse um Sprosse. Unten bleiben sie einen Moment stehen und lauschen. Die Tür zum Schlafzimmer von Babcia und Dziadek ist angelehnt. Durch den Spalt dringt lautes Schnarchen. Finn und Jola wollen gerade an der Tür vorbei zur Treppe huschen, da hört das Schnarchen auf.

Ein knarzendes Geräusch. Schritte. Finn und Jola können gerade noch rechtzeitig die Taschenlampen ausknipsen, da geht die Tür auf und Dziadek kommt ihnen entgegen. Jola zieht Finn in die Nische unter der Leiter. Dziadek hat einen gestreiften Schlafanzug an und schlurft leise vor sich hin murmelnd über den Gang. Finn kann seine offenen Augen sehen. Nur eine Armlänge entfernt geht er wie ein Schlafwandler an ihnen vorbei und verschwindet im Bad.

Finn und Jola huschen schnell weiter zur Treppe. Während aus dem Bad leises Plätschern zu hören ist, tasten sie sich vorsichtig die Stufen hinunter. Jola knipst ihre Taschenlampe wieder an und leuchtet warnend auf die Knarze-Stufe. Sie machen einen großen Schritt darüber hinweg. Dann sind sie an der Haustür. Oben rauscht die Toilettenspülung. Finn und Jola schlüpfen in ihre Schuhe. Jola drückt die Klinke herunter und öffnet die Tür. Durch den Spalt treten sie schnell ins Freie.

»Uff«, flüstert Jola.

Finn atmet auf. »Das war knapp.«

Sie laufen über den Hof zu den Rädern. Kurz darauf rollen sie leise surrend durch das Gartentor. Das Dorf liegt still und dunkel da. Aus der Ferne erklingt das Bellen eines Hundes. Vom Kirchturm schlägt es Viertel nach zwölf. Die Nacht ist klar. Am Himmel leuchtet die Sichel des Mondes, drum herum flimmert das Lichtermeer der Sterne.

Sie fahren die Dorfstraße runter und biegen in den Feldweg ein. Der Mais wogt leise raschelnd hin und her. Finn fröstelt. Die kühle Nachtluft zieht unter seinen Pullover. Der Umriss der Kiefer ragt schwarz in den Himmel. Darunter liegt das Garagenhäuschen geduckt in der Dunkelheit.

Finn und Jola steigen von den Rädern und lehnen sie an die Wand. Als Jola die Tür aufdrückt, flattert etwas über ihre Köpfe. Finn und Jola schreien auf. Flügelschlagend verschwindet das verschreckte Tier in der Nacht.

»Nur ein Vogel«, sagt Finn erleichtert.

Sie schalten die Taschenlampen an. Die Lichtkegel gleiten über die Wände des Häuschens. In einer Ecke liegen die karierten Taschen und mehrere zerquetschte Bierdosen. Von den Zwergen ist nichts zu sehen.

»Hier«, sagt Finn.

Der Lichtkegel seiner Lampe bleibt an ein paar Brettern hängen, die auf dem Boden liegen. Finn schiebt sie zur Seite. Darunter öffnet sich eine kleine Vertiefung. Darin liegen die Zwerge, friedlich nebeneinander, als würden sie schlafen.

»Aufstehen, ihr zwei Hübschen«, sagt Jola und legt die Taschenlampe auf das Fensterbrett, »ihr werdet jetzt nämlich entführt.«

Finn und Jola hieven die Zwerge aus ihrem Versteck. Erst den einen, dann den anderen. Jola packt oben an der Zipfelmütze an, Finn unten an den Beinen.

»Die sind voll schwer«, keucht Jola.

Finn nickt und hofft, dass die vollen Böller-Bäuche der Zwerge wirklich nicht von alleine explodieren können.

Jola macht einen Schritt zurück und stolpert über eins der Bretter. Sie verliert den Halt, ihre Hände rutschen an der glatten Zipfelmütze ab. Finn alleine kann den Zwerg nicht halten. Polternd kracht er auf den Zementboden. Finn hält die Luft an. Aber nichts passiert. Keine Explosion. Gar nichts. Der Zwerg liegt einfach nur da und grinst sein Dauergrinsen Richtung Decke.

Jola, die selbst auch einen Schreck gekriegt hat, atmet erleichtert auf. »Siehst du«, sagt sie. »Da explodiert nix.«

Sie packen den Zwerg und tragen ihn die letzten Meter bis zur Tür, wo bereits sein Zwillingsbruder liegt.

»Jetzt müssen wir die beiden nur noch auf die Räder schnallen und ab geht die Post.«

»Apropos Post.« Finn fällt noch etwas ein. »Vielleicht sollten wir noch eine Botschaft hinterlassen.«

»Was denn für 'ne Botschaft?«, fragt Jola.

Finn erinnert sich an ein Buch, das er gelesen hat. Da hat ein »Mister 2000« Kinder entführt und von den Eltern Geld erpresst. Der Entführer hat seinen richtigen Namen natürlich nicht verraten. Dann hätte man ihn ja leicht schnappen können. Er wurde deswegen »Mister 2000« genannt, weil er für jedes Kind 2000 Euro Lösegeld gefordert hat.

»Damit Bosse und Lasse auch Bescheid wissen«, sagt Finn. »Also, dass es sich um eine Entführung handelt.«

Er hebt eine Scherbe von einem alten Dachziegel auf. »Leuchte mal.«

Mit dem spitzen Ende ritzt Finn mit langen Strichen etwas in den weichen Putz. Jola liest Buchstabe für Buchstabe mit und fängt an zu kichern. Als Letztes macht Finn ein großes Ausrufezeichen. An der Wand steht in zackiger Schrift:

Wir sind über alle Berge – viele Grüße, die zwei Zwerge!

»Genial!«, sagt Jola und macht vor Begeisterung einen Hüpfer.

Finn wischt sich den Staub von den Händen. »Jetzt können wir.«

Nacheinander wuchten sie die beiden Zwerge auf die Gepäckträger ihrer Räder und schnallen sie mit den Spannriemen fest.

Finn steigt in den Sattel und schaut Jola fragend an. »Und wo bringen wir die jetzt hin?«

Jola grinst. »Na, über alle Berge. Genau, wie du geschrieben hast.« Sie tritt in die Pedale und rollt schlingernd los Richtung Feldweg.

14.

Im Schatten des Adlers

Mit der schweren Last kommen sie nur langsam voran. An der Oder entlang radeln sie über den Deichweg und biegen dann auf halber Strecke nach Osinów Dolny ab. Im fahlen Mondlicht können sie den Hügel mit dem Adler oben auf der Kuppe schon von Weitem sehen.

Als sie endlich den Platz am Fuß des Denkmals erreichen, ist Finn völlig fertig. »Meine Beine sind wie Pudding.«

Neben ihm lässt Jola ihr Rad auf den Asphalt sinken. »Und mein Arsch brennt wie Hölle.« Sie befreit den Zwerg vom Gepäckträger.

»Meiner auch«, sagt Finn. Er löst den Spanngurt und stellt den zweiten Zwerg vorsichtig ab. Sein Blick geht die lange Treppe hoch, die zu dem Adler führt.

»Das wird 'ne Schlepperei.«

Jola nickt. »Du die Füße, ich die Mütze. Eins, zwei, drei.«

Sie nehmen den ersten Zwerg und steigen mit ihm Stufe um Stufe nach oben. Finn zählt jede einzelne mit ... 230 ...

231 … 232! Auf dem Gipfel sind sie völlig außer Puste und lassen sich erschöpft auf den Steinsockel fallen. Vor ihnen liegt das weite Land. Über ihnen spannt sich der Nachthimmel. Finn lässt sich nach hinten sinken und schaut in das Sternengefunkel über den ausgebreiteten Schwingen des Adlers.

»Wahnsinn«, sagt er. »Man sieht voll gut die Milchstraße.«

Jola seufzt. »’ne Milch könnte ich jetzt auch gut gebrauchen.« Sie springt wieder auf, knipst die Taschenlampe an und leuchtet den steinernen Sockel ab.

»Es muss irgendwo hier sein. Beim letzten Dorffest haben die da ihre Getränke drin gekühlt«, sagt Jola. Sie rüttelt an den Quadern und findet schließlich einen, der locker sitzt.

»Hilf mir mal.« Sie legt die Taschenlampe auf den Boden. Sie und Finn greifen mit den Fingern in die Ritzen und schieben den Steinquader zur Seite.

»Schappo Klappo!«, ruft Jola und leuchtet mit der Taschenlampe in die Öffnung. »Na, was sagst du?«

»Eins-a-Zwergenversteck!«, sagt Finn und schaut in den Hohlraum, der ein bisschen aussieht wie ein Pharaonengrab. Er und Jola schieben den Zwerg hinein. Passt perfekt.

Voll neuer Energie hüpfen sie die 232 Stufen wieder runter, um auch Zwerg Nummer zwei hochzutragen. Als er neben seinem Bruder liegt, spricht Jola noch ein paar feierliche Worte. »Asche zu Asche und Zwerg zu Zwerg, ruhet in Frieden. In Ewigkeit, Amen.« Dann schieben sie und Finn den Steinquader wieder vor die Öffnung und betrachten ihr Werk zufrieden. »Hier werden Bosse und Lasse euch nie finden.«

Zum Glück ist der Rückweg danach nicht mehr ganz so beschwerlich. Sie radeln direkt über die Landstraße. Tagsüber sind dort immer viele Autos unterwegs, aber jetzt haben sie beide Spuren ganz für sich alleine. Nur ein einsamer Fuchs steht am Straßenrand und mustert sie mit funkelnden Augen, als sie an ihm vorbeifahren.

Am Hof angekommen schieben sie die Räder leise durch die Einfahrt und stellen sie ab. Die Haustür ist immer noch angelehnt, so wie sie sie zurückgelassen haben.

Jola drückt sie leise auf. Auf Zehenspitzen schleichen sie die Treppe hoch und klettern über die Leiter auf den Dachboden, ohne dass Babcia und Dziadek etwas merken.

Erschöpft, aber glücklich fallen sie nebeneinander ins Bett. Finn kuschelt sich wohlig unter die Decke. Jola gähnt und muss gleich wieder kichern. »Wir sind über alle Berge. Viele Grüße, die zwei Zwerge!«

Bei der Vorstellung, was für Gesichter Bosse und Lasse machen, wenn sie ihre Zwerge nicht mehr finden und die Nachricht lesen, muss Finn ebenfalls kichern. Aber ein bisschen mulmig wird ihm dabei jetzt auch. Was, wenn Bosse und Lasse sie verdächtigen?

»Dann streiten wir einfach alles ab«, sagt Jola. »So wie die, als sie uns fast ersäuft haben. Die können uns gar nichts beweisen.«

Jola hat recht. Finn schließt die Augen. Um sie herum knistert und knackt es. Das Dachgebälk reckt und streckt sich in der frischen Nachtluft. Finn spürt Jolas Unterarm neben seinem. Die Wärme ihrer Haut. Er verharrt regungslos. Wenn Carlo sie sehen könnte, würde er sicher sagen, dass Finn in Jola verknallt ist. Carlo hat Finn damit aufgezogen, als Finn ihm erzählt hat, dass er mit Jola nach Polen fährt. Finn hat Carlo den Vogel gezeigt: »Du spinnst ja! Ich bin nicht verknallt!« Aber eigentlich weiß er ja gar nicht genau, was verknallt sein genau ist. Aber eins ist sicher: Auf keinen Fall sind er und Jola so wie Ulf und Malwina, die sich die ganze Zeit immer küssen und befummeln. Aber trotzdem findet Finn es jetzt schön, Jola neben sich zu spüren. Und wenn sie, wie jetzt, auch noch ihren Finger in seinen Bauch stupst, dann ist das, als müsste er gleich platzen, weil es sich so gut anfühlt, auch wenn er laut protestiert. »Hey, nicht kitzeln!«

»Ich wollte nur noch *Dobranoc* sagen, bevor du wegpennst.« Jola rollt sich auf die Seite und gähnt laut.

»Dobranoc«, murmelt Finn und rollt sich ebenfalls auf die Seite, sodass sie Rücken an Rücken liegen. Er erinnert sich, wie Jola ihn damals in den Schwitzkasten genommen hat.

Letzten Sommer, als sie sich vor dem Hauptbahnhof verabschiedet haben. Und wieder durchströmt dieses unglaublich warme Ziehen seinen ganzen Körper. Wie eine wohlig weiche Welle aus goldenem Honig. Finn schließt die Augen – und dann ist er eingeschlafen.

15.

Williiiiiiii!

Klick … Klack …

Finn wacht von einem Geräusch auf.

Klick … Klack … Klick … Klick … – es klingt, als würde ein Vogel gegen die Fensterscheibe picken. Draußen ist es taghell. Die Sonne scheint.

Jola schlägt neben ihm die Augen auf. Sie hört es auch.

»Was ist das denn?«

Finn steht auf und geht zum Fenster. Unten steht Antek mit seinem neongrünen Kinderrädchen und wirft Steinchen gegen die Scheibe.

»Antek …« Finn öffnet das Fenster. »Antek! Was machst du?«

»Ich hab mich gewundert, wo ihr bleibt«, ruft Antek.

»Wir schlafen noch, du Penner!«, ruft Jola, die neben Finn ans Fenster getreten ist.

»Aber es ist schon 12!«, ruft Antek.

»Na, und?«, ruft Jola.

»Mir ist langweilig«, sagt Antek. »Ihr habt versprochen, dass ihr mir heute den Willi zeigt!«

Aber erst mal frühstücken Finn und Jola ausgiebig. Dziadek ist schon unterwegs. Babcia freut sich, dass sie so lange geschlafen haben. »Das gute Landluft! Macht müde und Appetit.«

Tatsächlich haben Finn und Jola einen Bärenhunger. Babcia macht ihnen Bratkartoffeln und Rührei. Eigentlich ist es mehr ein Brunch als ein Frühstück, was sie essen. Manchmal geht Finn sonntags mit Mama und Mukthar brunchen. In ein Café am Kotti, wo man 15 Euro bezahlt und sich dafür so viel vom Buffet nehmen darf, wie man will. Und Mukthar hat ihm erklärt, dass das Wort »Brunch« aus dem Englischen kommt und sich aus »*br*eakfast« und »l*unch*« zusammensctzt. Eben weil es eine Mischung aus Frühstück und Mittagessen ist.

Antek sitzt mit am Tisch und kaut mit offenem Mund Bratkartoffeln.

»Mund zu«, sagt Jola, »es zieht.«

Antek macht schnell den Mund zu.

Babcia lacht und wuschelt durch Anteks Haar. »Ist wie kleiner Bruder!«

Als sie fertig gegessen haben, müssen sie alle erst mal verdauen und spielen ein paar Runden Mau-Mau. Es ist schon später Nachmittag, als Finn und Jola die Räder holen, um mit Antek runter zum Spielplatz zu fahren. Auf der Wiese neben dem Klettergerüst und der Rutsche ist genug Platz, um zu üben. »Und wenn du hinfällst, tut es nicht so weh«, sagt Jola.

»Ich fall nicht hin!«, sagt Antek.

»Werden wir ja sehen«, sagt Jola und fängt mit dem Trainingsprogramm an.

»Erst mal musst du einfach geradeaus fahren und dabei immer wieder kurz beschleunigen.«

Antek macht es. Er fährt über die Wiese und tritt immer wieder schnell in die Pedale. »Ist ja einfach«, sagt er.

»Gut«, sagt Finn. »Und jetzt versuch mal beim Beschleunigen den Lenker hochzuziehen und den Schwerpunkt nach hinten zu verlagern. So.« Er macht es vor und fährt gekonnt ein paar Meter auf dem Hinterrad.

»Jetzt ich!« Antek strampelt wild los und zerrt dabei immer wieder am Lenker. Mit dem Ergebnis, dass er ihn verreißt und samt Rad auf dem Rasen landet.

»Autsch«, sagt er und reibt sich grinsend das Schienbein.

Finn und Jola müssen lachen. »Ich habs ja gesagt«, sagt Jola. »Gleich noch mal. Du musst am Lenker ziehen und dabei gleichzeitig voll in die Pedale treten.«

Jola dreht lässig eine Runde.

Antek steigt wieder auf und probiert es erneut. Er tritt in

die Pedale und macht immer wieder ruckartige Bewegungen. Aber sein Rädchen bleibt fest am Boden.

»Vielleicht geht es mit meinem Rad einfach nicht«, sagt Antek. »Kann ich mal mit deinem probieren?«

Finn gibt Antek sein Rad. Doch Antek schafft es nicht mal, auf den Sattel zu kommen. Er ist viel zu hoch für ihn.

Jola schüttelt den Kopf. »Vielleicht bist du auch einfach noch zu klein für den Wheelie. Wir können es ja nächsten Sommer wieder probieren.«

Antek schüttelt verbissen den Kopf. »Ich krieg das schon noch hin.«

Er steigt wieder auf sein Rädchen und probiert es erneut.

Finn und Jola schauen sich kopfschüttelnd an. Jola hat genug. »Wir fahren schon mal weiter …«, sagt sie.

Aber Antek hört sie gar nicht. »Ich krieg das schon noch hin!«, wiederholt er immer wieder und reißt an dem Lenker.

Finn und Jola nehmen ihre Räder und fahren los.

Hinter ihrem Rücken beschleunigt Antek, seine Beinchen rotieren wie Propeller, er zieht am Lenker –

– und das Vorderrad erhebt sich in die Luft.

Einen Moment fährt Antek nur auf dem Hinterrad! »Williiiiiiiii!«

Da stellt sich ihm von der Seite plötzlich etwas in den Weg und stoppt ihn abrupt, sodass er in hohem Bogen vom Rad fällt.

Antek hebt benommen den Kopf aus dem Gras und schaut auf. Vor ihm steht ein anderes Rad. Darauf sitzt Lasse. Er beugt sich über Antek und packt ihn am Schlafittchen.

»Da haben wir ja den kleinen Hosenscheißer.« Bosses Rad stoppt neben dem von Lasse.

Lasse zieht Antek hoch. »Wo sind die anderen Kackbratzen?«

Antek schaut die beiden Brüder ängstlich an. Er hat Tränen in den Augen. Sein linkes Knie blutet. Sein Kinderrad liegt im Gras. Das Vorderrad ist völlig verbogen.

Finn und Jola, die das Scheppern gehört haben, sind umgedreht und kommen auf ihren Rädern angefahren.

»Ach, du Scheiße«, sagt Jola und stoppt.

Finn erfasst die Situation sofort.

»Lasst Antek los«, ruft er.

Lasse schaut grinsend in Finns Richtung. »Da sind sie ja schon.«

»Was habt ihr mit unseren Zwergen gemacht?«, ruft Bosse.

Finn und Jola rollen langsam weiter auf die Gruppe zu. »Antek hat damit nichts zu tun«, ruft Finn.

»Irrtum«, sagt Lasse und schüttelt Antek. »Wenn ihr ihn heile wiederhaben wollt, dann rückt sie ganz schnell wieder raus.«

Bosse nickt. »Zwerg gegen Zwerge.«

Finn und Jola schauen sich an. Der kleine Antek sieht zwischen Bosse und Lasse noch viel kleiner aus als sonst. Tränen laufen über sein Gesicht und vor lauter Aufregung hat er einen Schluckauf bekommen. »Hicks«, macht er und dann gleich noch mal »Hicks«.

»Lasst erst den Kleinen los!«, sagt Jola.

Finn nickt. »Ihr seht doch, dass er weint.«

Lasse schüttelt den Kopf. »Der wird gleich noch viel mehr weinen.« Er packt Antek am Nacken und drückt zu.

Antek verzieht das Gesicht vor Schmerz.

Finn schaut sich um. Der Spielplatz ist menschenleer. In den umliegenden Häusern rührt sich nichts. Weit und breit ist niemand da, der helfen könnte.

»Was machen wir?«, wendet er sich leise an Jola.

Jola überlegt fieberhaft.

Antek weint und hickst und weint und hickst und weint und hickst.

Finn hält es kaum mehr aus.

»O.k.«, ruft Jola, »wir sagen euch, wo die Zwerge sind.«

Bosse grinst. »Na, das klingt schon viel besser.«

Die Sonne steht schon tief, als sie den Hügel erreichen. Oben schimmert der steinerne Adler golden im Abendlicht. Am Fuß der Treppe stellen Bosse und Lasse ihre Räder ab. Finn und Jola mussten die ganze Zeit zwischen ihnen fahren. Finn mit dem kleinen Antek auf dem Gepäckträger, der leise vor sich hin gewimmert hat. Finn hat immer wieder darüber nachgedacht, ob sie nicht einfach die Flucht ergreifen und davonfahren sollten. Aber gegen die schnellen Geländeräder der Hardenburg-Brüder hätten sie keine Chance gehabt. Erst recht nicht mit Antek auf dem Gepäckträger. Und Antek hätte auch nicht davonrennen können, sein Knie ist inzwischen dick angeschwollen und Antek verzieht bei jeder Bewegung schmerzvoll das Gesicht.

»Los, ihr geht vor«, befiehlt Bosse.

Finn und Jola nehmen den humpelnden Antek in ihre Mitte, um ihn zu stützen. Dann gehen sie langsam die Treppe hoch. Stufe um Stufe. 232 an der Zahl. Der Weg kommt Finn unendlich weit vor. Bosse und Lasse folgen ihnen.

Oben auf dem Hügel angekommen packt Lasse Antek wieder am Nacken. »Also, wo sind die Zwerge?«

Finn und Jola führen die Brüder zu dem steinernen Podest. Der Adler schaut auf sie herab wie ein grimmiger Götze. Jola schiebt den Steinquader zur Seite und legt den Hohlraum frei.

»Na, also«, sagt Bosse, während Lasse die Zwerge aus dem Versteck herausholt und überprüft.

»Alles noch drin.«

Finn und Jola nicken.

»Ihr habt, was ihr wollt«, sagt Jola. »Wir gehen dann mal.«

»Nee. Wir haben noch ’ne Rechnung offen.«

Lasse greift in die Tasche und holt einen länglichen schwarzen Zylinder heraus. »Hokuspokus Fidibus ...« Er macht eine schnelle Bewegung. Der Zylinder schiebt sich mit einem fiesen RATSCH-Geräusch zu einem Stab auseinander. Finn starrt Böses ahnend auf das Ding in Lasses Hand.

Bosse grinst. »Teleskopschlagstock. Was es auf dem Polenmarkt nicht alles Schönes zu kaufen gibt.«

Lasse lässt den Schlagstock in seine Hand klatschen. »Du hast uns ins Essen gerotzt. Darauf steht die Todesstrafe.«

Antek kriegt vor lauter Schreck schon wieder Schluckauf.

Und auch Finn bekommt es mit der Angst zu tun. Das können Lasse und Bosse unmöglich ernst meinen! Das dürfen die nicht tun! Sein Herz beginnt wild zu klopfen.

Jola guckt die Brüder einfach nur unbewegt an. »Haha, Todesstrafe. Das traut ihr euch eh nicht.«

Lasse geht mit dem Stock in der Hand langsam auf sie zu.

»Du kannst dir aussuchen, wohin der erste Schlag gehen soll.«

Bosse grinst abschätzig.

Finns Blick fällt auf die Zwerge vor ihm auf dem Boden. Die Unterseite des einen zeigt in seine Richtung. Aus dem Loch ragt einer der Böller heraus.

Lasse steht nun dicht vor Jola. Er fährt mit der kalten Metallspitze über ihren Arm.

»Lieber auf den Arm oder aufs Bein?«, fragt er.

Finn schaut Jola an. Die verzieht immer noch keine Miene. Nur ein winziges Zucken um ihre Mundwinkel verrät, dass auch sie Angst hat.

Lasse lässt den Stock auf Jolas Bein sinken.

»Komm, lass«, sagt Bosse. »Die hat schon voll Schiss.«

Lasse schüttelt den Kopf. »Strafe muss sein.«

Er reißt den Arm hoch und deutet eine Schlagbewegung an. Jola zuckt erschrocken zusammen. Lasse lacht sein keckerndes Lachen. »Pass auf, gleich pisst sie sich ein.«

Antek fängt laut zu schluchzen an. Finn spürt, wie eine unglaubliche Wut in ihm aufsteigt. Er hat das Gefühl, dass seine Brust gleich zerspringt. Er schaut wieder auf den Böller, der aus dem Zwerg herausragt. Die Lunte liegt frei. Finn tastet nach dem Polska-Feuerzeug in seiner Hosentasche. Jolas Geschenk. Er trägt es immer bei sich. Seine Finger schließen sich um das Metall. Es ist bestimmt gefährlich. Aber was Lasse und Bosse tun, ist noch viel gefährlicher. Und es ist böse. Sie haben Nuschki auf dem Gewissen ... sie haben gelogen ... und Antek gequält ... und jetzt quälen sie Jola ... und machen immer weiter mit ihrer fiesen Tour. Aber jetzt ist Schluss. Finn macht da nicht mehr mit. Er ist zu allem entschlossen.

Und dann geht es blitzschnell. Finn bückt sich und lässt das Feuerzeug aufschnappen. Die Flamme springt heraus. Finn hält sie an den Zwerg.

Jetzt merkt auch Bosse, was vor sich geht.

»Hey«, schreit er. »Bist du irre?!«

Aber da hat die Lunte schon Feuer gefangen und beginnt funkenstiebend zu brennen.

»Achtung!«, schreit Finn. »Alle in Deckung!«

Lasse und Bosse schauen ungläubig auf den kleinen Glutpunkt, der schnell Richtung Böller wandert.

»Scheiße«, schreit Lasse, stößt Jola zur Seite und versucht die Lunte mit dem Fuß auszutreten. Aber dadurch beschleunigt er das Abbrennen nur noch mehr. Bosse packt seinen Bruder und zerrt ihn mit sich. »Mann, weg hier!«

Finn hat Jola schon am Arm gepackt und rennt mit ihr und Antek an der Hand in die andere Richtung. Sie machen einen Satz und springen hinter einen der Büsche.

»Auf den Boden«, schreit Finn und wirft sich ins Gras. Antck und Jola ebenso. Finn drückt Anteks Kopf herunter. Da flammt neben dem Steinadler ein gewaltiger Blitz auf – KAWUMM!!! –, gefolgt von einem lauten Knall. Über den ins Gras geduckten Kindern schießt eine Säule aus Feuer und Rauch in die Höhe. Es regnet Funken. Kugelblitze springen umher und über dem Schlachtendenkmal wölbt sich eine Kuppel aus Licht und Pulverdampf. Finn hebt vorsichtig den Kopf. Der Widerschein des Feuerwerks erhellt sein Gesicht. Es kracht und knallt. Doch die Explosionen finden jetzt hoch oben im Himmel statt, der von Blitzen durchzuckt wird.

Jola und Antek haben auch die Köpfe gehoben. Staunend betrachten sie das Lichterspiel über ihnen. Rote und weiße Sterne flammen auf. Garben aus silbrigen Funken regnen wie Lametta. Aus der Ferne mischt sich das Heulen einer Feuerwehrsirene in das Getöse. Ein neuer Knall. Eine weitere Feuersäule schießt in den Himmel. Auch der zweite Zwerg scheint nun explodiert zu sein. Aus dem Augenwinkel sieht Finn, wie Bosse und Lasse am Fuß des Hügels auf ihre Räder springen und in einem Affenzahn losradeln. Sie beugen sich tief über die Lenker, als sei der Teufel hinter ihnen her. Blitzartig beleuchtet von einer neuen Explosion, die die ganze Landschaft für eine Sekunde in taghelles Licht taucht. Und in der Entfernung sehen die Brüder nun auf einmal ganz klein und geduckt aus und gar nicht mehr gefährlich.

Über Finn, Jola und Antek gipfelt das Feuerwerk in einem letzten gigantischen Knall. Eine riesige Kugel aus Sternen stiebt funkelnd auseinander. Und wenn man ganz genau hinschaut, kann man darüber in luftiger Höhe eine Zwergenzipfelmütze erkennen, die wie ein kleiner roter Komet durch den Abendhimmel fliegt.

16.

Silvester mitten im Sommer

Am nächsten Morgen steht es sogar in der Online-Ausgabe der Regionalzeitung. Dziadek hat sie auf dem Tablet geöffnet und liest laut vor, während Jola alles für Finn übersetzt:

SILVESTER MITTEN IM SOMMER

Zeugen eines ungeplanten Feuerwerks wurden gestern Nacht die Bewohner der deutsch-polnischen Oderregion. Auf dem Czcibor-Berg des Schlachtendenkmals bei Cedynia haben Jugendliche mehrere Kilogramm an Silvestersprengkörpern gezündet. Zu Schaden kam zum Glück niemand. Die örtliche Feuerwehr war im Einsatz, musste aber nicht löschen. Laut Auskunft der Polizei hatten Bosse und Lasse H. aus Berlin die sogenannten Polenböller illegal erworben. Das Brüderpaar wurde an seine Eltern überstellt, die auch für die Kosten des Einsatzes aufkommen müssen.

Babcia schlägt noch mal die Hände über dem Kopf zusammen. »Gott sei Dank, nichts ist passiert!«

Finn und Jola essen frische *Rogaliki* und trinken Kakao. Hinter ihnen liegt eine aufregende Nacht. Die Feuerwehr war mit einem Löschfahrzeug angerückt. Aus ihrem Versteck hinter dem Busch konnten Finn, Jola und Antek alles beobachten. Drei Feuerwehrleute kamen die Treppen hochgerannt. Sie hatten Feuerlöscher dabei. Einer hat die Stelle, wo die Zwerge explodiert waren, mit Schaum besprüht. Nach den Feuerwehrleuten kamen dann auch noch zwei Polizisten den Berg hochgeschnauft. Mit Bosse und Lasse im Schlepp! Die Brüder waren den Beamten direkt in die Arme geradelt. Jetzt standen sie mit gesenkten Köpfen da, während die Polizisten und Feuerwehrleute auf sie einredeten. Natürlich verstanden Bosse und Lasse kein Wort, sie konnten ja kein Polnisch. Dafür verstand Jola umso mehr. Die Polizisten hatten zunächst befürchtet, dass jemand einen Anschlag auf das Schlachtendenkmal verüben wollte oder dass es sich um Munitionsreste aus dem Zweiten Weltkrieg gehandelt haben könnte, die explodiert waren. Als Bosse und Lasse ihnen die zersprengten Reste von den Zwergen und Böllern gezeigt haben, schüttelten die Polizisten immer nur wieder den Kopf. »*Niewiarygodne*«, haben sie immer wieder gesagt. Das heißt »unglaublich«.

Und dann sind sie alle zusammen wieder die Stufen runtergegangen. Und Bosse und Lasse mussten ins Polizeiauto steigen, wie zwei Verbrecher. Als die Feuerwehr und die Polizei davongefahren waren, sind Finn, Jola und Antek aus ihrem Versteck gekrochen. Die Räder waren immer noch da, wo sie sie hingelegt hatten. Und mit Antek auf dem Gepäckträger sind sie dann zurück nach Cedynia geradelt. Natürlich hatte Anteks Mama sich schon wahnsinnige Sorgen gemacht. Dziadek hatte schon überall gesucht und Babcia schon im ganzen Dorf rumtelefoniert. Umso größer war die Erleichterung, als die drei zurückkamen. Anteks Mama war so froh, dass nichts passiert war, dass sie ganz vergaß zu schimpfen. Babcia und Dziadek wollten natürlich genau wissen, was passiert war. Und Finn und Jola haben ihnen alles erzählt. Also fast alles. Die Sache mit dem Floß und die nächtliche Zwergenentführung haben sie weggelassen. Das waren einfach keine Geschichten für Erwachsene. Die hätten Panik gekriegt und Sorgen und es hätte nur unnötigen Ärger gegeben. Vor allem, wenn Mama und Papa oder Jolas Eltern davon erfahren hätten.

Babcia kann immer noch nicht aufhören mit Kopfschütteln.

»Was sind das dumme Jungen, die machen so gefährliche Sachen?«

Dziadek beendet die Lektüre: »Es war das größte Feuerwerk, das dies- und jenseits der Grenze seit Langem zu sehen war. Darüber sind sich Polen und Deutsche einig.«

Jola stellt ihre Tasse ab und grinst Finn mit ihrer Kakaoschnute an. »Du hast Geschichte geschrieben!«, flüstert sie.

Finn lächelt. Er ist heilfroh, dass nichts passiert ist, und auch ein kleines bisschen stolz. Voller Genugtuung denkt er an den Ausdruck auf Bosses und Lasses Gesichtern, als sie zusehen mussten, wie ihre Schmuggelware in Schall und Rauch aufging. Sie haben ihre gerechte Strafe abgekriegt.

Plötzlich ertönt eine brummige Stimme. »*Dzień dobry*.« Wojciech kommt die Treppe herunter. Er ist in der Nacht auch zurückgekehrt.

»Alle Waschmaschinen verkauft«, sagt er ungewöhnlich gut gelaunt und reibt sich die Hände. »Ich hab geschlafen wie ein Murmeltier.«

Er ist frisch rasiert und duftet nach Aftershave. Er setzt sich, schenkt sich Kaffee ein und schaut in die Runde. »Wisst ihr eigentlich, was heute für ein Tag ist?«

Babcia nickt: »Glückstag! Weil alle da und gesund und munter!« Sie schaut Finn und Jola an.

Wojciech schüttelt den Kopf. »Das mein ich nicht.«

»Was dann?«, fragt Dziadek.

»Na, überlegt doch mal: *Was* für ein Tag ist heute?«, wiederholt Wojciech.

Dziadek überlegt. »Nu ja, ist Freitag heute.«

»Manchmal frag ich mich, ob ihr unter Alzheimer leidet.«

Finn weiß, was Alzheimer ist. Eine Krankheit, bei der alte

Leute immer mehr vergessen. Manchmal sogar, wer sie selbst sind. Aber Babcia und Dziadek wissen eigentlich noch alles.

»Ich sag euch, was *heute* ist.« Wojciech stopft sich eins der *Rogaliki* in den Mund und schlürft Kaffee dazu. »*Heute* ist euer Hochzeitstag.«

Babcia und Dziadek schauen sich überrascht an.

»Stimmt«, sagt Dziadek dann und schlägt sich an die Stirn. »Ich ganz hab vergessen. Vor lauter Aufregung.«

Er umarmt Babcia und gibt ihr einen dicken Kuss. Babcia wird ganz rot. »Ich auch hab vergessen, oh-Gott-oh-Gott …«

Wojciech schmatzt zufrieden. »Zum Glück hat wenigstens einer dran gedacht. Und zur Feier des Tages hab ich eine Überraschung für euch.«

Überraschung?! – Jetzt sind Finn und Jola sehr gespannt.

Wojciech hat den Karton aus dem Schuppen geholt und auf den Hof gestellt. Das geheime Paket, das Finn und Jola auf keinen Fall anfassen sollten! Sie werfen sich einen bangen Blick zu. Hat Wojciech etwas gemerkt? Haben ihm irgendwelche Spuren verraten, dass sie in seiner Abwesenheit geschnüffelt und den Karton heimlich geöffnet haben? Aber Wojciech ist nach wie vor bester Dinge.

Dziadek und Babcia schauen den Karton mit großen Augen an.

»Was für Überraschung das ist?«, fragt Babcia.

»Werdet ihr gleich sehen«, sagt Wojciech und öffnet eine der Laschen. Die blaue Plastikfolie quillt heraus.

»Ist Folie?«, fragt Dziadek verwundert.

Wojciech nickt und holt den dicken Packen aus zusammengelegter Folie aus dem Karton. Und dann noch einen. Und dann ein Bündel aus weiß lackierten Metallrohren und einen Beutel mit Verbindungsstücken.

Finn und Jola staunen. Was wird das nur?

Wojciech zieht einen Zettel aus dem Beutel und faltet ihn auseinander. Es ist eine Aufbauanleitung. Und jetzt kapieren auch Finn und Jola, was in dem Paket ist.

»Ein Swimmingpool!«, ruft Jola begeistert.

Wojciech nickt. »7000 Liter, elektrische Filteranlage, Schwimmthermometer und drei Jahre Garantie.«

Babcia schlägt schon wieder die Hände über dem Kopf zusammen. »Aber Wojciech, das viel zu groß!«

»Dann könnt ihr nach der Arbeit endlich mal entspannen«, sagt Wojciech.

»Bestimmt war teuer«, sagt Dziadek.

Wojciech schüttelt grinsend den Kopf. »Ist vom Laster gefallen. Hab gut kombiniert. War quasi Sonderangebot.«

Jola, die schon die ganze Zeit aufgeregt auf der Stelle gehüpft ist, hält es nicht länger aus. »Können wir ihn gleich aufbauen und ausprobieren?«

Wojciech nickt. »Los gehts! Zack, zack!«

Gesagt, getan. Gemeinsam mit Wojciech falten Finn und Jola den ersten Packen auseinander und legen die Folie aus.

»Das ist die Schutzmatte«, sagt Wojciech. »Die kommt unter den Pool, damit er keine Löcher kriegt.«

Wojciech legt den zweiten, viel größeren Packen darauf. Gemeinsam ziehen sie die Folie zu einer kreisrunden Fläche auseinander. Wojciech holt den Beutel mit den Metallrohren.

»Das wird das Gerüst. Damit wird der Pool aufgespannt«, erklärt er und schaut in die Anleitung. »Jetzt bloß keinen Fehler machen.«

Unter Wojciechs strengen Augen fädeln Finn und Jola die Metallrohre durch die Laschen an der Folie und stecken den äußeren Rahmen mit den Verbindungsstücken zusammen. Man kann die Form des Pools jetzt schon gut erkennen.

»Gleich springen wir rein in dich!«, ruft Jola vorfreudig.

»Erst mal noch müssen die Standfüße ran. Alle mal mit anpacken«, kommandiert Wojciech. »Bei drei hebt ihr den Rahmen hoch.«

Finn, Jola, Babcia und Dziadek heben den Rahmen. Da er die Folie trägt, ist er ganz schön schwer. Finn keucht vor Anstrengung. Wojciech geht um den Ring herum und steckt einen Standfuß nach dem anderen in die Verbindungsstücke. Einer noch, dann steht der Pool. Wojciech schaut sich suchend nach dem letzten Verbindungsstück um.

»Habt ihr das Teil irgendwo gesehen?«

Finn und Jola schütteln die Köpfe.

Wojciech hebt die Aufbauanleitung hoch, schüttelt den Beutel, kippt den leeren Karton um.

»Das gibts doch nicht«, sagt er und versetzt dem Karton einen Tritt. *»Cholera!«*

Dziadek wirft Babcia einen Blick zu und raunt leise: »Wir dann besser mal gehen ...« Babcia nickt und lässt den Rahmen los. Er hält. Nur an der Stelle, wo der Standfuß fehlt, hängt er leicht schräg. Während Dziadek und Babcia sich ins Haus verziehen, sucht Jola den ganzen Boden ab. Finn geht den Weg zur Scheune zurück. Vielleicht ist das Teil ja aus dem Paket gefallen. Vergeblich.

»Bestimmt habt ihr das irgendwo verschlampt«, schimpft Wojciech.

»Nee, haben wir nicht«, verteidigt sich Jola.

»Vielleicht können wir es ja durch was anderes ersetzen«, überlegt Finn. Wojciech schnaubt grimmig. »Das ist ein Spezialteil, das kann man nicht einfach ersetzen.«

»Und können wir nicht einfach so schon mal Wasser reinlassen?«, fragt Jola und schaut sehnsüchtig auf den fast fertig dastehenden Pool.

»Nee, können wir nicht.« Wojciech schüttelt den Kopf. »Das fliegt alles auseinander, sobald da der Wasserdruck draufkommt.«

Finn denkt an den Schrank, den Mama und er letztes Jahr

bei Ikea gekauft haben. Er war in lauter Einzelteilen in einem flachen Karton. Und als sie ihn zu Hause zusammengebaut haben, hat Mama am Ende festgestellt, dass sie die Bretter falsch rum montiert hatten. Die Bohrungen für die Scharniere waren jetzt hinten statt vorne. Mama hat gelacht. Und Finn auch. Und der Schrank ist nun kein Schrank, sondern ein Regal, was eh praktischer ist, weil man nicht erst irgendwelche Türen aufmachen muss, um an die Sachen ranzukommen.

Aber Wojciech lacht nicht. Seine gute Laune ist futsch.

»So eine verdammte Scheiße«, flucht er wieder und zieht sein Handy.

»Vielleicht wars deswegen ja ein Sonderangebot«, sagt Jola.

»Könnt ihr jetzt einfach mal die Klappe halten?!«, schreit Wojciech und hält sein Handy ans Ohr. »Dann kann ich vielleicht mal telefonieren …«

17.

Überraschungsgäste

Wojciech hat Glitzermann angerufen. Aber der konnte oder wollte auch nicht helfen. Für Ersatzteile sei er nicht zuständig. Und eine Garantie gebe es auch nicht. Zumindest nicht bei ihm, weil der Pool ja nicht offiziell gekauft, sondern »vom Laster gefallen« sei.

»Kannawoniwasein«, flucht Wojciech immer wieder.

Babcia und Dziadek finden alles nicht so schlimm. Sie wollen jetzt feiern. Draußen im Hof, mit Kaffee und Kuchen.

Finn und Jola helfen. Als erstes machen sie mit Babcia Teig. Jola zieht die Schublade unter der Küchenanrichte auf. Sie ist voller Mehl! »Fühl mal, wie weich das ist.« Sie und Finn greifen mit den Händen hinein und schaufeln einen Berg aus Mehl auf die Arbeitsplatte. Jola klatscht die Hände zusammen, so dass es staubt. Finn muss niesen und jetzt sind sie beide von oben bis unten mit Mehl bepudert. Babcia lacht. Sie drückt eine Kuhle in den Berg, gibt Butter, Eier,

Zucker, Milch, Rosinen und etwas Salz hinein. Dann kneten Finn und Jola den Teig, bis ein glatter, glänzender Klumpen daraus wird. »Jetzt er nur noch muss gehen«, sagt Babcia.

Während der Hefekuchen im Ofen ist, tragen Finn und Jola mit Dziadek den Tisch in den Hof. Sie legen die Leinentischdecke darüber und streichen sie ganz glatt. Als sie die guten Teller und Tassen mit Goldrand daraufstellen, kommt Antek angeradelt.

»Tatü-tata, die Feuerwehr ist da!« Er macht eine Vollbremsung und deutet stolz auf sein Kinderrad.

»Mama und ich haben es ganz alleine repariert«, erzählt er stolz und schwenkt eine Zeitung. »Habt ihr schon gesehen, es steht sogar in der Zeitung!«

Finn und Jola nicken. Finn schaut auf das große Pflaster auf Anteks Knie. »Wie geht es deinem Bein?«

Antek winkt ab. »Nur'n Kratzer, halb so schlimm.«

Erst jetzt bemerkt Antek den Pool. »Wow!«, ruft er begeistert. »Habt ihr jetzt ein Schwimmbad?!«

»Ein Geschenk für Babcia und Dziadek zum Hochzeitstag«, erklärt Jola.

»Cool!«, sagt Antek. »Aber warum ist kein Wasser drin?«

Hinter ihm kommt Babcia mit der Kaffeekanne aus dem Haus, gefolgt von Dziadek und Wojciech.

»Pssst«, zischt Jola. »Sonst explodiert Wojciech gleich wieder.«

Antek reißt die Augen auf und schaut ängstlich zu Wojciech, der den fertigen Kuchen auf den Tisch stellt. Babcia und Dziadek haben sich richtig fein gemacht. Babcia trägt ein mit Rosen besticktes Kleid, Dziadek einen schwarzen Anzug. Nur den Gummistiefeln ist er treu geblieben.

Antek macht eine kleine Verbeugung und gratuliert artig zum Hochzeitstag. Dziadek erklärt, dass Antek natürlich auch eingeladen ist. Jola holt ein weiteres Gedeck für ihn.

Sie wollen sich gerade alle an den Tisch setzen, als ein Hupen ertönt und ein Auto lautlos auf den Hof rollt – das feuerrote Cabrio!

»Überraschung!«

Darin sitzen Malwina und Ulf.

»Ja wie?!«, sagt Babcia verblüfft.

Malwina hat sich voll aufgebrezelt und sieht richtig aus wie ein Promi. Zu einem grünen Mini mit orangem Lackgürtel trägt sie ein gelbes Top. Dazu die große Sonnenbrille im Haar und an den Handgelenken goldene Armreife, die laut klappern, als sie Babcia umarmt.

»Alles Gute zu eurem Hochzeitstag!«

Sie schmatzt Dziadek einen dicken Kuss auf die Wange.

»Du daran hast gedacht«, sagt Dziadek und freut sich.

»Klar«, sagt Malwina grinsend. »*Ich* hab ja noch kein Alzheimer.«

Ulf lädt zwei große flache Pakete mit goldenen Schleifen

aus dem Cabrio. Der Wagen ist repariert und sieht wieder aus wie neu.

»Und wir haben auch ein Geschenk für euch!« Er stellt die Pakete vor Babcia und Dziadek ab. Malwina öffnet sie.

»Oh« und »Ah« rufen Babcia und Dziadek.

In den Paketen sind zwei Gartenliegen. Ulf klappt sie auseinander.

»Darin könnt ihr neben dem Pool relaxen!«, sagt Malwina und legt sich auf eine, um zu zeigen, wie bequem die sind. Sie schaut zu Wojciech. »Wieso habt ihr da eigentlich noch kein Wasser drin?«

Wojciech macht ein grimmiges Gesicht.

Babcia sagt schnell: »Jetzt alle hinsetzen, sonst Kaffee wird kalt.«

Alle setzen sich. Babcia verteilt Kuchen. Ulf schenkt Kaffee ein. Finn, Jola und Antek trinken Limo. Malwina tupft vorsichtig ihre knallrot angemalten Lippen ab und schaut in die Runde.

»Also, was ist denn nun? Die Sonne lacht. Wollen wir den Pool nicht einweihen?«

Alle Blicke gehen zu Wojciech, der gar nicht lacht. Im Gegenteil. Finn befürchtet schon, dass er wieder explodiert, aber Wojciech nuschelt nur mürrisch etwas in seine leere Kaffeetasse. Man versteht lediglich die Worte »Scheiße« und »Teil«.

»Was denn für ein Teil?«, fragt Ulf, der es wieder mal ganz genau wissen will.

Wojciech zieht die Augenbrauen zusammen. »Ein Verbindungsteil …«

Ulf spitzt den Mund. »Schraube? Stecker? Klemme? Anker? Klettverband? – Verbindungsteile gibt's ja viele.«

Wojciechs Miene verdüstert sich noch mehr. »Du weißt wohl alles ganz genau, Doktor Schlau«, sagt er gereizt.

Babcias Blick wandert besorgt zwischen den beiden Männern hin und her.

Malwina geht schnell dazwischen. »Ulf will nur helfen. Er ist sehr geschickt mit den Händen.«

Jola verdreht die Augen. Finn schaut auf Ulfs Hände mit den langen schmalen Fingern und stellt sich vor, wie der damit in den Mündern seiner Patienten nach Karius und Baktus sucht.

»Ich schau mir das mal an.«

Ulf steht auf, geht zum Pool und beugt sich über die Stelle, an der das Verbindungsteil fehlt. Nachdem er die Stelle ausgiebig begutachtet hat, kommt er zurück und schüttelt bedauernd den Kopf. »Also da muss ich leider auch passen …«

Wojciech zuckt abschätzig mit den Schultern. »Tja …«

Jola gibt die Hoffnung noch nicht auf. »Aber Löcher in den Zähnen kannst du doch auch reparieren.«

Ulf nickt. »Aber die sind viel kleiner. Hier fehlt ja richtig Masse.«

Beim Wort Masse fällt Finn etwas ein. »Du hast doch gesagt, du hast diese Masse? Die man in den Mund nehmen muss, wenn man eine Zahnspange bekommt.«

»Ja!« Jola versteht. »Damit können wir doch auch so ein Dingsbumsstück formen!«

Antek macht große Augen.

Ulf nickt langsam. »Keine üble Idee.« Er wendet sich lächelnd zu Malwina. »Siehst du. Wie gut, dass ich mein Arztköfferchen immer dabeihab!«

Ulf sitzt am Küchentisch. Seine große Stunde ist gekommen. Feierlich öffnet er die schwarze Ledertasche, die er aus dem Cabrio geholt hat, und holt eine Packung heraus.

»Zwei-Komponenten-Silikon«, erklärt er. »Damit machen wir die Abdruckform. Alle bereit?«

Malwina, die wie eine OP-Schwester neben ihm steht und assistiert, nickt: »Bereit.«

Wojciech hebt den Daumen: »Bereit.«

Babcia, die am Herd einen mit Wasser gefüllten Dampfdrucktopf erhitzt, nickt ebenfalls: »Bereit.«

»Dann los«, kommandiert Ulf und streift sich ein Paar Latexhandschuhe über.

Malwina reißt die Packung auf. Ulf nimmt eine weiße und

eine blaue Masse heraus und verknetet sie miteinander. Finn, Jola, Antek und Dziadek schauen gespannt. Ulf teilt die Masse und formt zwei Quader, die er auf den Tisch legt.

»Jetzt fix«, sagt er. »Das Zeug wird innerhalb von 5 Minuten fest. Wojciech?«

Wojciech, der eins der Verbindungsstücke aus dem Pool wieder ausgebaut hat, legt es auf einen der Quader und drückt es in die Masse. Ulf legt den anderen Quader drauf, schiebt einen abgeschnittenen Strohhalm in den Spalt und presst beide Quader zusammen, bis die Masse das Verbindungsstück und den Strohhalm vollständig umschließt.

Finn schaut auf die Uhr. »Noch zwei Minuten.«

Als die Zeit abgelaufen ist, nimmt Ulf ein Skalpell und schneidet den zu Gummi gewordenen Klumpen auseinander. Vorsichtig klappt er die obere und untere Hälfte auf. Jola nimmt das Verbindungsstück heraus.

Ulf nickt zufrieden. »Das ist unsere Hohlform. Da kommt jetzt der Flüssigkunststoff rein.«

Er klappt die Hälften wieder zusammen und fixiert sie mit zwei Gummiringen. Malwina reicht ihm eine kleine Flasche mit einer spitzen Tülle. Durch den Strohhalm gießt Ulf langsam eine rosige Flüssigkeit in die Hohlform.

»Und damit der Kunstoff hart wird, kommt das ganze jetzt in den Dampfdrucktopf. Das nennt man Polymerisieren.«

Babcia öffnet den Topf, in dem das Wasser schon dampft. Mit einem Schaumlöffel legt Ulf die gefüllte Hohlform vorsichtig ins heiße Wasser. Babcia schließt den Deckel. Gespannt schauen alle auf den Topf, dessen Druckventil langsam steigt.

Finn, der wieder auf die Uhr geschaut hat, sagt: »Vier Minuten sind um.«

»Das reicht«, sagt Ulf. Babcia nimmt den Topf vom Herd und lässt ihn abkühlen. Gespannt verfolgen alle, wie Ulf den Deckel öffnet die Hohlform herausnimmt und die Gummiringe entfernt, um sie aufzuklappen. – Hurra! Dazwischen liegt ein neues Verbindungsteil! Ganz rosig wie ein frisch geborenes Baby.

»Wie schön das aussieht!«, sagt Jola.

Antek darf das Teil als Erster in die Hand nehmen.

Babcia schaut Malwina stolz an. »Dein Mann guter Doktor!«

Malwina nickt und gibt Ulf einen Kuss.

Dziadek lächelt: »Man immer muss improvisieren.«

Jola nimmt das Teil und lächelt Finn an. »Du bist echt ein ErFINNder. Das war eine super Idee!«

Sogar Wojciech strahlt.

Nachdem Ulf die überstehenden Grate mit dem Skalpell entfernt hat, tragen sie das Teil feierlich wie in einer Prozession alle zusammen zum Pool. Jola und Finn halten die

Metallrohre. Ulf steckt das Teil vorsichtig dazwischen. Alles passt! Wojciech, der auch das ausgebaute Verbindungsstück wieder eingesetzt hat, rüttelt sanft an der Konstruktion, um sie zu testen. »Sitzt, passt, wackelt und hat Luft.«

Ulf grinst. »Besser als das Original.«

Wojciech nickt. »Wasser marsch!«

Malwina kommt schon mit dem Gartenschlauch. Dziadek dreht den Hahn auf. Das Wasser schießt in den Pool. Während der sich langsam füllt, reißt Jola sich schon die Klamotten vom Leib. »Los«, ruft sie. Finn und Antek folgen ihrem Beispiel. Nackt bis auf die Unterwäsche springen sie in das knöcheltiefe Wasser.

»Huah, ist das kalt«, schreit Finn.

Malwina, die sich einen goldenen Bikini angezogen hat, streckt ihren Fuß mit den rot lackierten Zehennägeln ins Wasser.

»Angenehm!« Sie winkt Ulf. »Los, rein mit dir!«

Ulf zieht umständlich seine Hosen aus und stakst auf dünnen weißhäutigen und sehr behaarten Beinen durch den Pool.

»Und jetzt das Hochzeitspaar!«, ruft Malwina Babcia und Dziadek zu.

Dziadek zieht die Gummistiefel aus und krempelt die Anzughose hoch. Babcia rafft ihr Kleid. Hand in Hand steigen die beiden über ein kleines Treppchen in den Pool. Das Wasser geht nun bis über die Knie. Übermütig lässt Jola sich rücklings fallen. »Boah, voll erfrischend!« Sie spritzt Finn und Antek nass.

Antek japst. »Eiskalt!« Er will der nächsten Wassersalve ausweichen, rutscht aus und fällt ins Wasser. Finn lacht und zieht ihn hoch. »Erst lernst du schwimmen, bevor du wieder tauchen gehst.«

Antek schnappt nach Luft.

»Ja, genau«, ruft Jola. »Wir bringen es dir bei.«

Antek nickt und hat vor lauter Aufregung wieder einen Schluckauf. »Au ja, hicks. Wie den Willi, hicks!«

Die Erwachsenen schauen amüsiert und räumen den Pool, während Finn und Jola gleich mit dem Trainingsprogramm anfangen.

»Leg dich auf den Bauch«, sagt Jola.

»Und jetzt mach so«, sagt Finn und zeigt die Armbewegung beim Brustschwimmen.

Antek macht die Bewegung nach.

»Ja genau«, sagt Finn.

Malwina und Ulf machen es sich auf den Liegen bequem. Babcia und Dziadek ziehen ihre Schuhe wieder an. Wojciech schaut zufrieden, wie sich der Pool immer mehr füllt, sodass Antek jetzt richtig im Wasser schwebt. Nur noch gehalten von Jolas und Finns Händen.

»Und jetzt die Beinbewegung«, sagt Finn. »Du machst einfach wie ein Frosch.«

Antek probiert es. Es sieht sehr lustig aus. Finn und Jola lachen. Antek hickst. Plötzlich hält er abrupt inne und richtet sich auf.

»Was ist denn?«, fragt Jola.

»Habt ihr das, hicks, gehört?«

Finn und Jola schauen sich fragend an. Was meint Antek? Da hören sie es auch. Ein heiseres Bellen, das immer näher kommt. Antek reißt die Augen auf.

Finn sieht als Erster den kleinen braunen Punkt, der über die Wiese auf sie zugeschossen kommt.

»Nuschki!«, schreit Antek. Er stürzt aus dem Pool und läuft Nuschki entgegen. Mit einem Satz springt Nuschki ihm in die Arme. Antek presst ihn an sich. Drückt ihn überglücklich. »Nuschki!«

Malwina und Ulf schauen verwundert.

Jola, die ebenfalls aus dem Pool gesprungen ist, schreit außer sich vor Freude: »Nuschki ist wieder da!«

Finn steht schon bei Antek und streichelt das Fellbündel in dessen Armen. »Nuschki … Nuschki …«, wiederholt Antek immer wieder.

Und in der Tat, es ist Nuschki. Wie er leibt und lebt. Ein bisschen zerzaust und abgemagert. Aber sonst ist noch alles an ihm dran. Die drei Beine, die spitzen Ohren, die kühle Schnauze, die braunen Augen und die kleine rosige Zunge, die immer wieder über Anteks Gesicht leckt.

Finn kann das Glück gar nicht fassen. Jola und er umarmen sich vor Freude. Nuschki – er lebt!

Babcia, Dziadek, Wojciech, Malwina und Ulf lächeln bewegt. Sie verstehen zwar nicht genau, was gerade passiert, aber es ist zweifellos etwas Wunderbares. Finn spürt, wie seine Brust ganz weit wird. Über ihnen leuchtet das unfassbar klare Blau des Sommerhimmels. Und von der Kirche schallt der Gesang des Pfarrers herüber, der die frohe Botschaft über das ganze Dorf zu tragen scheint.

18.

Großer Abschied

»Jolanta, mein Augenstern«, sagt Babcia und drückt Jola an sich. Dann ist Finn an der Reihe. »Finn, guter Junge.«

Der Pool und die Tafel, wo sie gestern gefeiert haben, stehen immer noch auf dem Hof. Heute ist der Tag der Heimreise und der Moment des Abschieds ist gekommen.

Babcia tupft sich mit ihrer Kittelschürze ein Tränchen aus dem Auge.

»Ihr unbedingt müsst wieder kommen«, sagt Dziadek und räuspert sich. »Nächstes Mal mit ganzer Familie.«

Finn kann gar nicht fassen, dass die Woche so schnell vergangen ist.

Antek schlingt seine kleinen Arme fest um ihn und Jola. »Ihr seid die besten Freunde, die ich je hatte.«

Nuschki hüpft aufgekratzt um alle herum. Wojciech sitzt schon im Transporter und lässt ungeduldig den Motor aufheulen. »Los jetzt. Ich muss auf *Saksy*, Beton gießen.« So nennt man das, wenn man als Pole in Deutschland arbeitet.

Finn und Jola steigen ein. Der Transporter fährt vom Hof. Die Hühner rennen aufgeregt zur Seite. Nuschki bellt. Babcia, Dziadek und Antek winken. Finn und Jola winken zurück.

Langsam rollt der Transporter durch Cedynia. Sie fahren noch einmal am Turm, an der Kirche mit der fehlenden Spitze und am *Muzeum* vorbei. Auf der Terrasse des Hotels Piast sitzt Familie Hardenburg beim Frühstück. Bosse und Lasse sehen sehr schlecht gelaunt aus.

Jola drückt die Hupe und ruft aus dem Fenster: »Tschüss, ihr Banausen.« Finn grinst. Bosse und Lasse drehen die Köpfe. In ihren Augen blitzt der blanke Hass. Herr Hardenburg sagt etwas, worauf Bosse und Lasse wieder grimmig auf ihre Teller schauen. Frau Hardenburg macht schmale Lippen.

»Ich weiß jetzt übrigens, was Banausen sind«, sagt Finn. »Ich hab im Internet nachgeguckt.«

Jola schaut ihn gespannt an. »Und?«

Finn macht ein Gesicht wie Frau Henschke-Pohl, wenn sie in der Klasse ein Fremdwort erklärt. »Das sind Menschen, denen der Sinn für geistige und künstlerische Sachen fehlt.«

Jola nickt zufrieden. »Ich hab ja gewusst, dass es passt.«

Und dann ist der Transporter schon auf der Landstraße und lässt Cedynia hinter sich. Der Adler grüßt vom Hügel, die Ruinen mit den Verkaufsständen des Polenmarktes ziehen vorbei und zwischen den grünen Eisenstreben der Brücke glitzert die Oder in der Sonne. Auf der anderen Seite empfängt sie ein blaues Schild mit gelben Sternen: Bundesrepublik Deutschland.

Finn schaut zu Jola und spürt, wie ihre Haare im Fahrtwind sein Gesicht kitzeln. Er weiß jetzt schon, wie sehr er sie vermissen wird. Ihre Sprüche, ihr Lachen und ihre Art, mit den Zehen zu wackeln.

Jola seufzt. »Erst hat man immer das Gefühl, dass die Ferien ewig dauern, und dann sind sie immer viel zu schnell rum.«

Finn nickt. Montag geht die Schule schon wieder los. Er ist froh, dass davor noch ein Wochenende liegt. Carlo kommt morgen wieder aus Kroatien zurück und dann müssen sie sich erst mal alles erzählen.

»Und was machst du noch so?«, fragt er Jola. »Wenn du wieder zu Hause in Vehlefanz bist.«

»Hmm«, sagt Jola, »weiß auch nicht so genau …« Sie schaut kurz zu Wojciech rüber und senkt die Stimme. »Bestimmt stressen meine Eltern gleich wieder rum, was ich alles machen muss …«

Finn ist froh, dass Mama und Papa da entspannter sind. Mama hat gesagt, dass Finn, Papa, Mukthar und sie am Sonntag alle zusammen am Kanal Pizza essen gehen. Zum Ausklang der Ferien. Schade, dass Jola nicht einfach mitkommen kann. Finn schaut sie an.

»Und … wann sehen wir uns wieder?« Die Frage hat er sich aufgehoben bis ganz zum Schluss.

»So bald wie möglich natürlich«, sagt Jola. »Das nächste Mal komm ich zu dir in die Tzitti und lern alle deine Freunde kennen. Und dann machen wir Party.«

Finn findet die Idee gut. Er hat noch nie richtig Party gemacht. Okay, Geburtstag, aber das war tagsüber und mit Kakao und Kuchen. Und letztes Jahr hat Mama Silvester in der Wohnung gefeiert. Mit Freunden, Nachbarn und ihren Arbeitskollegen. Da durfte er ganz lange aufbleiben. Die Erwachsenen haben die Musik laut aufgedreht und auf Socken dazu getanzt. Das sah komisch aus.

»Du kannst dann bei uns wohnen«, sagt Finn. »Und wir schlafen oben im Hochbett.«

Jola schnalzt zufrieden. »Das wird so cool, das weiß ich jetzt schon.«

Finn greift in seine Hosentasche und zieht das Feuerzeug heraus, das er immer bei sich trägt. Es funkelt im Sonnenlicht. Er betrachtet den weiß-roten Schriftzug *Polska* und hört in Gedanken noch einmal Jolas Worte: »Zur Erinnerung. An unsere erste gemeinsame Reise in ein anderes Land.«

* * *

Anhang

Kleines polnisch-deutsches Wörterbuch

Anders als hier im Buch werden im Polnischen alle Wörter kleingeschrieben bis auf Namen und Satzanfänge.

Und wie du sicher schon gemerkt hast, gibt es im polnischen Alphabet einige Buchstaben, die es im deutschen nicht gibt: ą, ć, ę, ł, ń, ó, ś, ź und ż. Das ł wird zum Beispiel »oaw« ausgesprochen, ähnlich wie das w am Anfang des englischen Wortes *water* (Wasser).

Außerdem wird im Polnischen gern die Verniedlichungs- oder Koseform benutzt. Dafür werden an Namen Endungen wie *-tek, -ciu, -ziu* angehängt. Aus *dziadek* (Großvater) wird *dziadunio* (Großväterchen).

Und dann gibt es im Polnischen auch noch eine spezielle Anredeform, die verwendet wird, wenn eine Person direkt angesprochen wird. Aus *babcia* wird dann *babciu!*

babcia (gesprochen *babdschja*) – Großmutter
babciu (gesprochen *babdschju*) – Großmutter! (Anredeform)

Cedynia (gesprochen *Zedinja*) – das Dorf an der Oder, in dem Jolas Großeltern wohnen, früher hieß der Ort Zehden

cholera! (gesprochen *kollera*) – verdammt! (Wojciechs Lieblingsfluch)

dalej! (gesprochen *dalej*) – weiter!, weg da!

dobranoc (gesprochen *dobranodz*) – gute Nacht

dobry wieczór (gesprochen *dobry wietschour*) – guten Abend

dzień dobry (gesprochen *dschin dobry*) – guten Morgen, guten Tag

dziadek (gesprochen *dschjadek*) – Großvater

dziadziu (gesprochen *dschjadschju*) – Großväterchen! (Kose- und Anredeform)

gruby (gesprochen *grubi*) – dick, massig, stark – auch deswegen heißt der wilde Gruby so, wie er heißt

Jezus (gesprochen *Jehßuss*) – Jesus

krówki (gesprochen *kloffki*) – weiche Karamellbonbons

muzeum (gesprochen *mußeum*) – Museum

nie (gesprochen *nje*) – nein

niewiarygodne! (gesprochen *niwjarygoddne*) – unglaublich!

nóżki (gesprochen *nuschki*) – (die) Beinchen

pierogi (gesprochen *piroggi*) – gefüllte Teigtaschen, ähnlich wie Maultaschen oder Ravioli

Renatko (gesprochen *Renatko*) – Verniedlichungsform und Anredeform des Vornamens Renata

Rzeczpospolita Polska (gesprochen *Schedschpospolita Polska*) – Republik Polen

rogalik, Mehrzahl *rogaliki* (gesprochen *rogalick* bzw. *rogalicki*) – süßes Hörnchen – am allerleckersten sind sie, wenn Babcia sie backt

smacznego (gesprochen *smatschnego*) – guten Appetit

tak (gesprochen *taak*) – ja

Wojciech (gesprochen *Wojtschech*) – männlicher Vorname, die gebräuchliche Koseform ist *Wojtek* (gesprochen *Wojtek*), aber Wojciech kann es gar nicht leiden, wenn man ihn so nennt, nicht mal Babcia darf das

złoty (gesprochen *ßwouti*) – der Name der polnischen Währung, ein *złoty* besteht aus 100 *groszy* (gesprochen *groschi*). Vier *złoty* sind ungefähr so viel wert wie ein Euro

żurek (gesprochen *schureg*) – eine Sauerteigsuppe mit Pilzen, Ei und Wurst drin, wird oft in einem ausgehöhlten Brotlaib serviert